就这样静静地

等待长大

向晓妍 著

西安交通大学出版社
XI'AN JIAOTONG UNIVERSITY PRESS

图书在版编目（CIP）数据

就这样，静静地等待长大 / 向晓妍著.—西安：西安
交通大学出版社，2018.3
ISBN 978-7-5693-0529-6

I. ①就… Ⅱ. ①向… Ⅲ. ①散文集—中国—当代
Ⅳ. ①I267

中国版本图书馆CIP数据核字（2018）第068134号

就这样，静静地等待长大　　　　　　　　　　　　　　　　向晓妍　著

责任编辑	柳　晨
出版发行	西安交通大学出版社（西安市兴庆南路10号　邮政编码：710049）
网　址	http://www.xjtupress.com　　　　　传　真　029-82668280
电　话	029-82668357　82667874（发行中心）　029-82668315（总编办）
印　刷	陕西龙山海天艺术印务有限公司
开　本	787 mm×1092 mm　1/16　　　　印　张　19.75　字　数　215千字
版次印次	2018年9月第1版　2018年9月第1次印刷
书　号	ISBN 978-7-5693-0529-6
定　价	48.00元

读者购书、书店添货、如发现印装质量问题，请与本社发行中心联系、调换。
订购热线：（029）82665248　82665249
投稿热线：（029）82668526
读者信箱：xjtu_hotreading@sina.com

培养对文学的感觉，从
欣赏能力叙述能力想象能力
上加强吧，好去做一个作家
或从事文字工作的人。

向晓妍学生

贾平凹
2018. 2. 15

2018年除夕的当天上午，贾平凹老师知道书要出版后写下寄语。

初二参加的"我和高建群一起写故事"比赛，初三的第一学期10月28日颁奖。

本次大赛全省共6000名学生参加，向晓妍获得初中组一等奖和最佳想象力奖（同时获得两项奖项的只有两人），并在颁奖典礼后与高建群老师及校领导合影、获得高建群老师及小学、初中校长的寄语。同日华商报一个版面刊登此事。

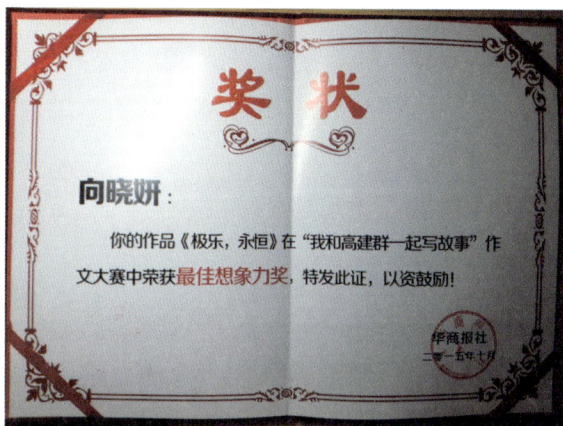

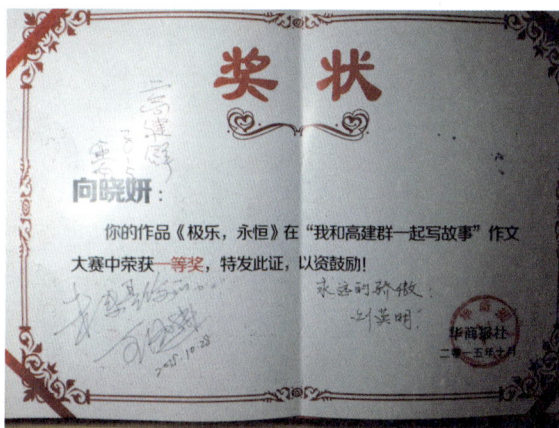

"我和高建群一起写故事"所获奖状、奖杯。

此书临近出版时，作者参加日本作家加藤嘉一老师的读书会并与其合影。

前言
PREFACE

勇

原本以为，看完电影《美丽人生》，我是会哭的。

电影是以二战期间纳粹屠犹为背景的，主人公圭多是一名犹太人，与很多同伴一起被关入了集中营。

圭多性格幽默乐观，因为这一点，他赢得了"公主"的心；也因为这一点，他决定带着他的妻子和儿子逃出集中营。儿子喜欢坦克，他告诉儿子，这是一个游戏，谁先得到1000分，谁就是那个可以坐上坦克的人。儿子问他，为什么好多人在后来都不见了，他说，那是因为他们都在玩捉迷藏或是已经被淘汰了。圭多是集中营里最特别的人，他的每一次决定，都让屏幕前的我为他捏了一把汗。他逆流而行地勇敢并坚持着，努力用谎言让儿子快乐地享受这个"游戏"。在那么一个悲观主义的地方，他的乐观，让我有一点心惊胆战。

与环境逆流而行是一件十分困难的事，即使这种选择是对的。在到处充斥着死亡和病毒的地方，最能让人稍微安稳的选择，便是每天保住自己的性命，在官

1

兵监督下煎熬地活下去。然而，圭多是个有信念的人，他的信念，就是留给孩子一个没有痛苦的童年记忆，并且最好带着他的家人活着走出去。相信是需要勇气与毅力的，尤其是在一个令你看不到任何希望的地方，因为在这里的每一次冒险，都有生命的危险。影片的最后，他死在了纳粹士兵的枪口下。在临死前，他依旧乐观，甚至无惧生死。第二天天亮后，他的儿子从那个藏身之处出来了，然后便看见了来解救他们的军队的坦克。

关于这部电影，最令我感到奇怪的是，从始至终，我都没有哭。

主人公的扮演者是罗伯特·贝尼尼，他也是这部电影的导演。百度百科上说，贝尼尼拍《美丽人生》的灵感来自雷奥·托洛茨基在临近死亡时写下的一段文字，"Life is beautiful."遗憾的是，搜索网页后，我没有找到关于雷奥·托洛茨基的任何介绍，但我相信，他的内心也是坚韧并勇敢的。

每个人生来都是勇敢的，但时间长了，我们都被条条框框束缚了手脚。我只是在稍微长大一些后，突然发现自己偏离了原定的航线，然后开始特别讨厌自己，并且努力去活成自己想要的样子。孤注一掷地走上一条逆流而行的路，时间长了，挣扎得久了，我才逐渐发现了越来越多和我一样的人。

这本书快定稿时，我参加了一位作家的读书会。他曾是一名国企单位的员工，后来放弃了工作，去做自己想做的事。他说，所有让自己得意的事，都是不循规蹈矩的不平凡的事。他说，现在有很多人都觉得，不怎么喜欢自己现在的生活，却又无法彻底改变自己的现状，去过自己想要的生活。他还说，不要用几年时间搭了一架梯子，最后却发现梯子搭错了墙。他说的也正是三年前的我所想的，当时，我承诺过自己的，就是做想做的梦，去想去的远方。

　　逆流而行是需要勇气的，并且要经历更多的挣扎与无助，但当我一直不愿妥协地坚持下去后，在看到一丝光的一刹那，我便更加执著。其实很多时候，在挣扎过后选择勇敢，就是因为人生只有一次，我必须让自己选择最无悔的生活。

　　我还会，这么勇敢地走下去。

目录
CONTENTS

就这样，静静地等待长大

我们都是有记忆的，我们也都会时不时地去回忆。

时间会流逝，但总有些记忆会在回忆的河流里叮咚作响。脚下河流倒映出的，有忘不掉的故事，和自己所感念的人。

或许有一天，很多事情都在记忆里变淡变浅，但当我们看到一些有形的事物、品味其一些画面，兴许会想起时光深处的影像，也会突然发现，回忆依旧站在角落。

忆

逛

小时候常常去商场，倒不是因为有多喜欢，只是妈妈和姥姥出去把我带上罢了。那时候手机功能不像现在这么多，网购当然还没有出现，民生、百盛这些商场便是当时买衣服的地方。

逛商场总要花费很多时间，本来只打算转悠两个小时，结果这儿看看、那儿选选，一看表，才发现已经过去一个下午了。

妈妈和姥姥逛商场几乎都是没有计划的，有时是周末午休起来没什么想做的事情，于是一声"走"便去了商场；有时是晚上吃了饭后想溜达溜达，街上怕吵，公园怕狗，于是就走进了商场。大人们逛商场，小孩儿大多只是跟着，大人们停下看看，小孩儿也就停下看看。挑衣服、选衣服的时间一长，我就会觉得烦躁无聊，找个地方坐坐，然后再换个地方坐坐。看着售货员在柜台前翻看一本满是数字的册子，手在旁边的计算器上带节奏地摁着，等到她一转身，我就模仿她刚才的样子，让无聊的时间掺杂点儿不那么无聊。阿姨又转过来之后，冲我笑笑，我赶紧让开，感觉有点儿不好意思。等待的过程中，我还喜欢干一件事，就是把挂着的衣服的袖子一件一件打个结系上，然后再一件一件解开。开始，我只是在想：为什么衣服都要这么挂着呢？为什么它们不换个造型呢？如果每家店都摆着不同的pose，那逛商场会变得多有趣呀，于是我就开始摆弄那些衣服。

我将衣服的一角一提，袖子稍稍向外一翻，手一松它又变成了原来的样子。怎么办呢？衣服无法固定，但我的手总不能一直举着吧。怎样能将它固定呢？在某一个地方打个结，比较容易将它固定。在什么样的地方打结呢？袖子。袖子长，方便打结。我把两个袖子拉到前面，一交又，打个结。就这样，一件一件地打完结，停下来一看，一个架子上像是一位位服务员，我的心里好有成就感。当然，这是一件"坏事"，所以没过多久，我就会把它们又一件一件地解开。除此以外，在每次做"坏事"的时候，我必须小心翼翼地，避免让售货员阿姨看到。我就这么一边做着"坏事"，一边心里"咚咚"直跳。有时候，我把一个架子的衣服全部系上后，就会直接去下一个架子，等到下一个架子的衣服也全部被我系上，才转过头去看之前那个架子，然后我就会看到，那上面的衣服已经全部恢复了原状，或者那些售货员阿姨站在那里一件一件地解开那些衣服。每到这时，我就会十分紧张，害怕他们看我这个"罪魁祸首"，然后就在衣架间到处躲藏。现在想想真是十分好笑。

平日里，能够彻底放松的机会不多，所以很多时候，我都是在假期才和他们一起去逛商场。有一个下午，妈妈和姥姥又想去逛商场了。当天早上，姐姐和舅舅回来了，下午姐姐要去补习班上课，舅舅问姥姥想去哪儿，姥姥和妈妈商量着要去商场。我本不想去的，在商场里，于我而言，无聊的时间太多，但为了和姐姐多待一会儿，犹豫再三后，我也跟着去了。当时姥爷劝我说，不如在家待着，大人们选衣服，小孩跟着去干吗；也有人说，一会儿可能要下雨，小孩子在外面感冒了怎么办？然而，这些都没能让我改变主意。

姥爷一向是一个对自己做的事很专注的人，对于其他事情他是丝毫没有兴趣的，比如逛商场。所以在假期的时候，妈妈和姥姥去逛商场，常常只剩我和姥爷在家，有时候还会有姐姐。姥爷在家几乎只干三件事，看电脑、看电视、睡觉。这不是证明他很清闲，因为有时候他看电脑是因为工作。他已经退休多年，但他作为一名返聘人员，依然像普通员工一样勤勤恳恳。

那天下午，我跟着去就只是为了和姐姐多待一会儿。然而出来后，却发现外面已是倾盆大雨。我、妈妈、姥姥，我们三人都没带伞，舅舅和姐姐把我们送到就走了，我看着天空，真希望我没有跟着出来。

忘了我们是怎么从商场出来坐上车的，我只记得那天我们在路上走了好久，一路躲躲藏藏，和人群一起躲在房檐下、车站牌下和任何有遮掩的地方。到家门口的公交车站，时间已经是晚上了。天很黑，路上的灯光已经亮了，暴雨依旧如注。

在走到家门口的这段路上，我是被妈妈一直抱着的。瓢泼的大雨让我看不见了路，我努力让眼睛偶尔挤出一条缝来。雨水流在脸上，我只能看见世界的光影在雨水中晕散。我听见人们的欢呼声，我听见人们的奔跑声，我听见雨水拍打在树叶上的嗒嗒声……

"那个抱孩子的女的快进来躲躲！"我在一片声音中听见有人这么喊。

我妈就抱着我，和姥姥一起跑到了一个有遮挡的平台上。

雨水有增无减，我终于可以在这时睁开眼睛瞧瞧周围了。这里站了好多人，有些人在推断雨大概什么时候能停，有些人在这里张望着马路上来来往往的车辆，有些人在等待着雨势减小。离家的路不远了，身上的雨水在脚下滴落出一片印迹，妈妈抱起我，又开始奔跑了。那个雨夜奔跑在路上，感觉回家的时间遥遥无期。

到家了，终于到家了，那刻我才真真切切地体会到"落汤鸡"的感觉。姥爷在旁边哈哈大笑："让你去，让你去，怎么样，成'落汤鸡'了吧？"他那一副幸灾乐祸的样子，让我在旁边气得直跺脚。

从此以后，我几乎不在暑假时随意地出去逛商场，即使出去，也总是在确保不下雨的情况下。

还有一次，也是在暑假，只不过那次我没有跟着去逛商场，只有妈妈和姥姥去了，我和姐姐在家待着，姥爷在办公室加班。

五点多的天，突然就黑了，风吹过，在窗外传来"呜呜"的声音，我脊背一凉。我和姐姐都不写作业了，把房门一关，蜷缩在沙发上，绞尽脑汁地想着如何消除恐惧心理，你一言我一语地说着平时比较好笑的事情，不好笑的，我们也要笑一笑。

不一会儿，天整个黑了，雨似乎是在一瞬间开始下的，外面漆黑一片，屋内也漆黑一片。因为害怕，我们把家里最亮的灯打开，屋内瞬间灯火通明。望向窗外，雨水像河流一样从楼外墙上淌过。院子里没有人，远处依稀可见灯光。

暴雨中，我们就那么等待着，终于听到门响和门开后熟悉的声音，世界仿佛从一端走向了另一端。

前两天，又有空去了商场，繁华的地方似乎有一种久违的感觉——我都多久没有逛过商场了。

曾经觉得逛商场是一件多么浪费时间的事，但当购物简单到对着手机屏幕手指点一点就可以的时候，我却突然又怀念起了在商场里浪费时间精挑细选的时刻。"逛商场"，其实多半在一个"逛"字。真的不是为了去买些什么，反而是多去看看，看看周围琳琅满目的商品，就会感觉有一种悠闲的满足。

小时候非常喜欢画画，非常非常，到了商场看见好看的衣服，总要多看一看，把它的样子记住，回家用彩笔将它画出来。现在，不那么喜欢画画了，但对于把好看的衣服多看几眼的习惯，依旧保留着。看到好看的，就多看看。

这么多年来，走过一家一家的服装店，看过一次又一次的衣服，但喜欢的风格似乎从来没有变过。逛商场时，时间在一次次欣赏中走过，不经意间就成了一段记忆，带有逛商场的符号。

商场需要逛，人生也需要逛，我们在时光中走过，欣赏过风景，浏览过书籍，经历过经历，感受过感受……

时间还在向前，我们，依旧要这么溜达下去。

糯米丸子的味道

从小到大，我最喜欢待的地方，就是外婆家。那里有总是对我和蔼呵护的外婆外公，有他们费着脑筋给我变着花样儿做出的饭菜，有时也有我和姐姐一唱一和地放肆大笑。

外公是个做饭能手，讲究色、香、味俱全。他常常坐在桌前看着一桌子自己主厨的饭菜对我们说："唉！外公这一辈子，假如当年学厨艺，可能现在已经是全国第一的大厨了。"

在我和姐姐的印象里，最能让我们回味的，是外公和外婆做的糯米丸子。姐姐有时候还打趣地对外婆说道："奶奶你真是嫁了一个好男人。"当外婆疑惑地问道为什么时，姐姐就笑着说："因为他会做糯米丸子呀。"

每逢节假日，姐姐和舅舅、舅妈便会回外婆家待一天。这时候，外公总会想着给大家做一顿丰盛的午餐，其中有时就会出现糯米丸子的身影。

通常，在做糯米丸子的前一天晚上，外公外婆就忙活起来了。外婆从柜子里取出一个盆子，将糯米用水淘净，然后倒入盆中用冷水泡上一个晚上。第二天早上，糯米就差不多泡软了，将糯米捞出放在蒸锅里，火候、蒸锅水都要严格把关，蒸至大半熟后关火，再把糯米倒入盆中，稍冷后，在里面加上之前已经准备好的生鸡蛋蛋液、肉馅、芽菜、盐和酱油，拌匀，然后在味道还没散去之前，将一颗颗糯米揉捏在一起，搓成一个个直径六七厘米的圆球。在确保糯米不会松散之后，把它们放进锅里，分批蒸熟。

　　差不多在十一点半开饭时，一个个糯米丸子就在大盘子中均匀地摆放好了。所有的丸子个头儿都一样大，连一个个丸子里糯米的排列好像也一样均匀、一样紧密。

　　到了饭点儿，全家人围在桌前，每人都抓着个还冒着热气儿的糯米丸子，一边"呼呼"地吹着一边咬下一大口，然后慢慢品味着糯米的绵软和丸子的味道，感受着全家其乐融融的快乐时光。

　　时间走过了一个又一个春夏秋冬，糯米丸子的味道也伴着我们一天一天长大。时间长了，记忆中全家人团聚的场景里，也留有了糯米丸子的味道。我想在那一个个圆滚滚的丸子里，包含着的或许不止有糯米、肉末、盐、酱油和芽菜，更揉捏进外公外婆对家人的爱和全家人团聚的快乐与温暖，也将这糯米丸子的味道揉捏进我和姐姐儿时的记忆。

　　又到了一家人团聚的时刻，一进门姐姐就吵闹着跑进餐厅，视线扫过餐桌的每一个角落。沙发上的我忽然听到姐姐说："咦，今天怎么没有糯米丸子了呢？"

服 务

原来每次到一个公共场合，看到那里的工作人员，都会觉得他们很辛苦。在马路上觉得警察很辛苦，在餐厅觉得服务员很辛苦，在医院觉得医生很辛苦……一年365天，他们到底能休息几天呢？我很好奇，他们居然能接受这份辛苦。

节假日在餐厅吃饭，服务员依旧是那么多，似乎没有人请假或者回家。到了春节，我更是佩服餐厅里的服务员们，因为他们依旧能坚守在岗位上，而我，依然好奇：看着客人们一家一家地来吃团圆饭，他们不想家吗？

后来，我稍稍明白了，其实各行各业都很辛苦，从事了一份工作，就必须忍受那份辛苦，平心静气地接受它，甚至要以这份辛苦为荣为乐。然后我听说，"很多事情不是你想怎样就怎样的"，许多大人们选择的工作都不是他们真正喜欢的，工作只是工作，与发自心底的兴趣无关。于是我看到大人们为生活而奔波时，脸上的无奈和愁绪，也就明白了服务员们的那种"接受"。

真的以为，几乎所有服务员都是无奈的，一次一次端菜，日复一日地重复便是他们的生活。

但，我遇见了她。

她是我在一家牛排店遇到的。

当时我点了一个比萨，一位服务员将盘子摆在了桌上。看我年纪还小，出于好意，她用刀子将切好的一块取出，想要帮我直接放到盘子上。我的一句"谢谢阿姨"已经到了嘴边，却没想到她手一滑，一块好好的比萨"啪嗒"掉在了桌上。她顿时僵在了那儿。

"对不起，真的对不起……"

她看出了我们脸上的不快，于她而言，这是一种责备。

不一会儿，那个"她"来了，就是我最想说的她。

她是一位主管模样的服务员，穿着西式黑服，不同于其他的服务员，剪着干净利落的短发，走路轻快而又显出一种沉稳。还没到我们桌前，我们便看到了她明媚的微笑。

"你好。"我看到了在我桌前站着的她，她微倾着身子，嘴角上扬地看着我们，目光里，我只看得到友善，"是面包掉了吗？不好意思啊，她不是故意的，请你们原谅。这是我们的责任，您看，小朋友爱喝什么饮料？我们这里的饮料都是鲜榨果汁，挺不错的。给您送一杯果汁，这样行吗？"

礼貌温和的话语，加上一个明媚热情的微笑，谁都没有办法拒绝。"嗯，好的，谢谢。"

一件有点棘手而尴尬的问题，她就这么轻松而合理地解决了。我坐在座位上，看着她在餐厅里走着。她时不时对客人笑笑，又时不时走到客人桌前，提醒询问两声，自始至终都带着笑。我看见她走到一个坐了与我相同年龄的小朋友桌前："小朋友吃得真香啊。小心点，叉子最好这样拿。有什么吩咐随时叫我们噢。"

她就这么服务着，脸上带着笑。可能那些话、那些询问要是别人去说、去做，都会让客人们觉得别扭，并且是画蛇添足的表现，但她那么做，每个人都会觉得温暖。餐厅里洋溢着一种和乐的气氛。

她是一位服务员，她的同事应该为有她这样一个主管而高兴。这么多年，我一直记着她的笑，和她友好热情的服务。

上了高中后，学校在假期安排了一项社会实践的作业，扫马路、做义工、发传单……什么都行。我选择去一家餐馆当几天服务员。

早上九点上班，开始进行清理，桌子、椅子全都要擦一遍，然后摆餐具。没什么事儿干的时候，也必须站着；即使没有客人，都不能看手机，要一直站着。我第一次体会到服务员的辛苦，这种辛苦在于大多数时间的无聊，无聊到站在离窗边近的地方，用眺望窗外来消磨时光。

因为这是一种新鲜的体验，我总是期待着来很多客人，这样我就能有更多的机会去感受。端菜时，大我一些的姐姐在旁边站着，我小心翼翼地端着菜，可没想到，还是让盘子与盘子之间撞出了刺耳的声音。我赶忙说"对不起"，像是曾经那个不小心把比萨掉到了桌子上的阿姨。旁边指导我的姐姐赶忙上来，帮我把盘子的位置进行了调整，并说："实在对不起啊，这是我们新来的实习的高中生。才刚开始，不好意思啊。"

客人体谅地笑笑，说："没事儿，没事儿。"

我退在旁边等候吩咐，一看到杯子里的水少了，就提着壶上前把水加上。

过两天就要过年了，来餐厅的客人不多，预示着过年期间爆满的宾客。窗外，大雁塔广场上人来人往；窗内，空调里的热气和轻柔的音乐一起，让房子里显得安静而温暖，从这里往外看，往来的人群密密麻麻，像是一幕幕戏剧重叠上映。

"这儿下去是哪儿？"客人指着窗外问我。

"对不起，不知道。"我有些不好意思。

"来几天了？"

"这是第二天。"

"今年多大了？"

"十六。"

"学校要求的？这叫什么？体验生活？"

"嗯，算是，叫社会实践。"

桌前的客人是一家三口，那位母亲脸上有一种母爱的慈柔。她转过头去对身边的女儿说："只比你大六岁，过两年长大了，也要像姐姐一样去体验生活，做社会实践。"

没有客人的时候，我和服务员姐姐们聊天，那几天因为快过年了，每天到岗的员工都不一样，有的是把年底的假休完来的，有的是这两天休假、过年时就不回家了的，有的是过了年才能回来的。每次在我旁边的人都不一样，小心翼翼地问她们辛苦不、想家吗？很多人都说习惯了，哪年回过家都还能记得。

一个和我聊得来的姐姐说："去年回家，我妈给我说，下次回去就把我嫁了，但我今年回不了了，过年期间人手不够，我得留下来。"

说这话时，她没有我想象中的那种悲伤情绪，只是像平时正常交流一样，心平气和，说着自己的故事。服务行业人员流动大，每到年底，都会有好多人辞职回家。想起之前过年期间，有一次在包间吃饭，想出门叫服务员，但几乎见不到服务员的身影，好不容易叫来一个，问为什么现在人这么少，她说，快过年了，好多人都辞职回家了，等过完年来，再找新的工作。曾经的记忆仿佛昨日，身边的人说着当年的话，几个春秋之后便有了岁月的味道，沉淀着自己对生活的感悟。

因为我只是来社会实践，或者说叫体验生活，所以我不会像他们一样一直待到晚上九点多，大概到七点多就该走了。最后一天待在那里，感觉已经很好地融入了他们。快过年了，每天的客人不会很多，很多时候都没有事干。到了晚上我们一起站着，我低着头背菜谱。

"明天又有几个人要走了。"突然听到旁边的一个姐姐说。

"那，还会回来吗？"

"有的还会，有的就领了工资、领了奖金不干了。"

我在的这几天里，听到他们说的最多的就是这个话题，谁又走了，谁又来了。没什么事干的时候，会听到他们互相询问，"你休哪几天啊？"

大雁塔的夜景很漂亮，不知这里的热闹要到晚上几点才会散去。人们都还穿着厚重的衣服，远远看去整幅画面都有了一种厚重感。座位旁的落地窗将外面的景色框成了一幅画，画里面的人们你来我往。屋内的灯光是柔和的，音乐还是那几首，来来回回重复了好几遍。明天它们依然还会在广播里响起，像每个人的生活，日复一日地进行。我看看窗外，柔和的轻音乐让空气里充满了一种淡雅却有点忧伤的气氛，夜幕下的大雁塔广场繁华而温柔。

高一尾声的一天晚上，放了书包和父母难得在外面吃了一次饭。我们进了一家百姓厨房，等餐的间隙，我听到嘈杂声中隐约传出的广播音乐。对于美妙的事物，我常常有着强烈的好奇。服务员告诉我，广播里的音乐由二楼吧台控制，我于是跑到了二楼。

看到有客人来，他们还是像往常一样问，"你好，请问几位？"然而我并不是来二楼吃饭的。讲明来意后，他们把我带到吧台，几个人有些惊愕地看着我，我突然有些不好意思。坐在吧台椅子上的，是一位胖胖的女服务员，她对着电脑点了点鼠标说她也不知道。

"刚刚在楼下问，说是音乐由二楼吧台控制的。能再看看吗？如果方便的活。"我那种打破砂锅问到底的劲儿又来了。

那个胖胖的女服务员拉开椅子，把腿边的柜子门打开，趴在地上盯着里边的音箱显示屏看了好久，却只能看清两个字。旁边另外两个服务员拿出手机，一个看上去是刚刚毕业的大学生，一个是快到中年、脸上却留有青春符号的女服务员。他们把自己的装有音乐检测软件的手机举过头顶，在空中摇了几下后，放下胳膊，屏幕上显示"未找到相应歌曲，已保存曲目片段"。既然无法从吧台这里得到答案，那我就可以走了。

"包间里的音效会好一些，不然到一个没有客人的包间里去试试。"旁边一个服务员出主意说。我突然发现，在没有多少客人的二楼餐厅里，几乎所有的服务员都聚了过来。本以为只是上来问一问看一眼的事，却让这么多人麻烦了起来。我在旁边，不好意思却又不知所措地站着。虽然知道即使我不上来，他们也没有什么太多的事要做，但心里那种想要逃离的感觉却丝毫不能减少。

那个女服务员把我带到包间，就是之前帮我用手机搜索歌曲的那个。她打开灯，把音量调到几乎最大，可手机依然无法识别曲目。

就这样，静静地等待长大

"如果不行，那就算了吧。"我真的不想让他们再为我的这么点小事麻烦下去了。

"没事的，没事的。"她似乎依然很有耐心。

曲子播完了，音箱里的音乐自动播放倒下一首。她打开门对着吧台喊："调一下，是上一首。"

音乐声停了一下，又变换回上一首。她合上门，把音量按钮稍稍旋转了一下，确定是最大音量后，她穿着高跟鞋站在椅子上，手机对着房顶墙角的音箱。时间仿佛凝固了，我站在旁边，她站在椅子上，空气里只听得到清晰的音乐声——我从来没有在餐厅听到过这么清晰的音乐。

刚刚开门的时候，我看见一个年龄稍长的服务员在看我，在吧台时她也在那些人里。我感觉她看我的眼神让我很不自在，但我不知那眼神里包含的到底是责备还是惊诧。现在，我只想要赶紧离开。

搜索结果出来了，那个女服务员从椅子上下来，用毛巾擦了擦她用脚踩过的地方，然后把手机递到了我跟前。屏幕上的字一行行挨个加粗变大，配合着广播里的音乐声滚动。我知道肯定不是这个，因为广播里的音乐是一段纯音乐，没有歌词，没有人声，但我却无法把那一句否定说出口——我真的不想再让门外吧台的那位服务员把曲子调为上一首，我真的不想再让为我搜索曲目的女服务员又穿着高跟鞋站到椅子上，我也真的不想她几次的努力成果得到一个不怎么相符的答案。于是，我说出口的，只有感谢而带些抱歉的"好的，知道了，谢谢。"

开门往出走，之前那个也在帮我用手机搜索的服务员迎面走来，他拿着手机对我说："你看，是不是这个？"

这回对了，他搜索到的名字，包含了一开始那位胖胖的女服务员趴在地上看到的那两个字，但我难以说出心里所明确的答案，因为肯定一个结果，也就自然而然地否定了另一个结果。否认往往本身就是一种伤害，更何况是在几次努力后的情况下。

　　"噢，好吧，那我就把两个名字都记一下吧。"

　　我该走了，于是我在说了句"谢谢"后转身走向楼梯。

　　"哎，等等，"我听到了那位女服务员的声音，"是这个，他搜到的这个，我的这个不对。"我没想到，她不会为自己的努力成果而觉得可惜。

　　"好的，谢谢，我记住了。"

　　这真是我最后一声"谢谢"了，这一回，我真的该走了。

　　回到一楼，声音又嘈杂了起来，广播里的声音被湮没在了人群里，似乎没有人注意到这里的音乐来回变换了几次。我坐在座位上，像是逃离了一种愧疚。

　　小时候以为服务员这项工作很容易，听大人们也说服务本身不需要太多技术方面的要求，然而后来才明白，服务的重点在于尊重、包容和友善。你可以选择无奈地接受，也可以选择去包容地尊重。生活包含着我们身边的一点一滴，服务里有生活，生活里有服务，所有的一切，其实都包含在这一点一滴里。

　　某次数学课，一位同学面对习题抱怨起做题的机械化，数学老师笑了笑，像是已经习惯了一届又一届学生的抱怨，"哎呀，长大后你就会明白，每个人其实都是机器，日复一日地重复着相同的动作。说机器可能都是抬举你了，或许你就是一个小零件。"老师玩笑的语气让我有一种恐慌感——这个世界上的很多东西也许都是一样的，只不过是表现形式的不同。说到底，我们都是世界与历史的服务者。

忆

那一方天

　　有这样一群人，他们胸中流淌着沸腾千年的热血，带着修身齐家治国平天下的梦想走向世界；

　　有这样一群人，他们不屈于列强的铁蹄蹂躏，携时代风霜，挽狂澜于既倒，为民族求存之梦而拼搏；

　　有这样一群人，他们扎根贫瘠的土地，在黑暗中执著探索，为实现民族崛起而奋斗。

　　这一群人，是先辈，是英烈，也是我们，就是此刻，屹立于国旗下的每一个人。

　　从三皇五帝到夏商西周，从战国七雄到秦皇汉武，从魏晋南北朝到宋元明清，五千年历史长河里，虽不乏战乱与杀戮，但真正涌动着的，却是我们血液里的坚韧与执著。1901年《辛丑条约》的签订、1931年九一八事变的发生、1937年南京大屠杀的血腥，这曲折坎坷的中国近代

史，历尽风浪，让中国人民一雪耻辱，从仇恨中站立了起来，更显示出英雄的本色。

梦想，是一种无形的东西，它承载着人们的信念和希望。"稻米流脂粟米白，公私仓廪俱丰实"包含着富强的含义；"民惟邦本，本固邦宁"体现着民主的意义；"选贤与能，讲信修睦"揭示了文明的本质；"万物各得其和以生，各得其养以成"表达了和谐的希望；"三杯吐然诺，五岳倒为轻"更是告诉了我们诚信的价值。那些至纯至真的道理，其实早已蕴藏在了先辈们智慧积累出的文化里。

古人云："老骥伏枥，志在千里。烈士暮年，壮心不已。"这样远大的抱负，怎能不令人敬佩？这不仅仅是一个梦，更是一种对人生的执著追求。海涅也曾说："春天不播种，夏天就不会生长，秋天就不会收割，冬天就不会品尝。"执著与追求重要，但更重要的，是脚踏实地的努力。

也许我们不能像爱因斯坦那样，提出惊世骇俗的相对论；也许我们不能像屠呦呦那样，研制出能拯救数百万人生命的青蒿素，但是，我深信这样一句话："人世间的美好梦想，只有通过诚实的劳动才能实现。"是的，我们可以一点一滴地去努力，通过诚实的劳动去实现，去达到自己所期待的明天。

2017年10月28日，西安举办了首届国际马拉松赛。我想起小时候听过的一个故事。故事的主人公参加一场马拉松赛，在一个岔道处，他看见一个标识牌，一个箭头上写着军官要跑的路，另一个反向箭头上写着其他人要跑的路。他心中愤愤不平，咒骂一句话后，仍跑上了那条其他人要跑的路——那条他应该跑的路。当他气喘吁吁地跑到终点，稍作调整后在餐厅里喝水时，他发现，好像只有他一个人跑到了终点。然而更奇怪的是，在他足足休息了半小时后，那些人才逐渐跑来。他很清楚，自己本不是第一的水平，他奇怪地询问工作人员，终于知道了事情的真相——那个标识

就这样，静静地等待长大

忆

牌是反的，他们特地将那条长一些的路说成是军官要跑的路，将那条短一些的路说成是其他人要跑的路。大部分的人都选择了那条所谓的"捷径"，然而真正应该获胜的，却是那些脚踏实地、诚实努力的人。

我一直记着这个故事，记得它所包含着的人生真谛。投机取巧、玩弄心眼固然有可能暂时窃取心中所想，但丢失的却是立身之本，是自尊、自信和对未来的希望，是你自己放弃梦想、停下脚步的一个借口，是一个人堕落的开始。从你决定说谎、欺诈的那一刻起，也许所造成的后果，将会对你的性格和人生产生影响，你将无法堂堂正正地做人，你将无法坦然面对父母、师长、朋友，更有愧于自己内心的梦想与追求。能够真正沉淀下来的，永远是那些真实的智慧与博大。为了未来，为了梦想，我们要做到，就是诚实对待每一次经历、真诚对待身边每一个人。请相信，我们终会追寻到自己的梦，守护住未来的那一方天！

关于国旗下讲话

其实，我与国旗下讲话的故事，在小学的时候便开始了。

刚上小学的时候，感觉高年级的哥哥姐姐们是好大的孩子，升国旗仪式和值周生也都是他们才有机会参加。每逢这个时候，我都特别地期待长大。那个时候，我常常在想，轮到我们的时候，我是否有机会参加；如果可以参加，我又会是什么角色？

后来，那一天真的来了。奇怪的是，那个中午，我格外沉默，心里莫名其妙地有一种不自信，期盼已久的时刻来到了眼前，我却不敢再向前走一步。老师坐在讲台上，念着角色名单和名额人数，几乎没有多少人主动报名，大家似乎都是同一种心情。老师有些生气地说："这么好的机会，你们怎么都不参加呢？"她又逐个点出了一些同学，觉得他们可以担任升旗手、护旗手的角色，然后她又说："像向晓妍，平时那么爱读课文的，现在怎么就不踊跃了呢？"我心里有些惊喜的激动。停留了一下，我举手说："老师，我想参加国旗下的讲话。"

第二天中午吃完饭，我们所有报了名的同学就去了主席台前，少先队指导员重新安排了每个人的角色，我从原定国旗下的讲话，变成了升旗手。虽然心里有些失望，但是站在国旗杆下时，我便又接受了我现在的角色。说实话，我自己都不太清楚自己到底适合哪个角色。老师教我们升旗，我第一次知道，远远看去平整如线的绳子，其实是几条互相缠绕着的铁链，我们甚至要在升国旗前把缠绕过紧的链子稍稍拉扯松开一点；我也第一次知道，远远看去缓缓上升的国旗，竟需要几人一起一点一点地把绳子拽下来并将国旗升上旗杆顶端。

那个星期，我特别地期待下周一的到来。可谁曾想，周一是在雨天的陪伴下到来的，而雨天是不会在操场上升旗的。那天早上，我一直心怀希望，可当时间越来越临近时，那希望就变为了失望。于是，那几天，我就又希望着，这次没有升成的国旗，会在接下来的周一由我们来完成。第二个星期一来了，阳光明媚，可是机会已经是下一个班的了。

之后的两年多时光里，我一直期待着机会还能再一次给我们班，可是直到毕业，我们班都没有再得到那个机会。

初中以后，我从一开学就没有怀揣着在离国旗最近的地方参加升旗仪式的心愿，因为这个校园的人数太多了，一个年级就有三十多个班，更何况，主持人和升旗手基本都是固定的，只有一个国旗下讲话的名额是轮着班进行的。然而，一个班能被轮到的概率能有多大呢？

当时，我认为，以后恐怕再也没有机会近距离参加升国旗仪式了。

高二的十一月，那个在我看来早已与我无关的事情，却又那么意外地来到了我的眼前。

事情是这样的：高一第二学期的五月份，我参加了"青年领袖峰会"演讲比赛。我深信不疑地认为，只要我付出最多的努力，我就能得到最好的结果。所以从开始准备的那天起，从找材料到写文章，再到背稿和做PPT，最后到正式练习演讲，我都特别认真，不允许任何一个令我不满意的地方出现——我是怀着得一等奖的心情去的。比赛那天，我以为我的演讲很精彩，我也以为评委老师都深深地记住了我，而我的演讲也给他们都留下了深深的印象。但是，在两天的比赛结束后，我只得到了难受和自己无法理解的批评。在宣传册上找到评委老师们的联系方式，打通电话后，我给他们说了我的姓名，令我意想不到的是，他们几乎都不记得我了；在我仔细地说了自己的演讲内容和服装外貌后，他们似乎记起来了，但是他们对我的印象都是"语速特别快"。后来的时间里，我每天给妈妈读一篇文章，妈妈指导我，哪里该停顿、哪里应再把声音放轻放柔。高二刚一开始，我就去问老师，我们班的国旗下讲话是什么时候，我想参加。于是，在我们班的机会到来两个月前，我便得到了那个机会。

写完稿子后给老师看，老师改完后给我计时，读了六分钟，比规定时间多了几乎一倍。然后删稿再念，时间还是稍微长了点。老师诧异："你现在怎么语速比'青峰会'那会儿慢了那么多？拖音特别重，还有点奶声奶气的。"我说："'青峰会'结束后，我给几个评委老师打了电话，他们都说我语速太快，之后我和我妈一起练习朗诵的时候，就一直练习读散文，把语气一点点放慢了。"老师说："演讲和朗诵是不一样的，语音和语调你要用不同的方式去把握。"那周末，我按照老师说的，用手机一遍一遍录、一遍一遍地播放，最后终于控制好了时间，不同形式的段落也都运用了合适的语气。心里有一种轻松的喜悦感。

周一的升旗仪式，我站在主席台上，最近的是话筒，然后是一群初中的小朋友，高中部的老师和同学都在最后面。我第一次清楚地看到我们每周一升旗的操场的样子，也第一次真切地感受排列整齐的队伍所带来的庄重感。

像前两天练习的那样，我熟练并自然地读着稿子，大部分时间都看着主席台下的初中小同学们，时不时把视线延伸到后面的高中同学们——我第一次面对这么多人讲话，我知道，所有人的视线都注意在这里，整个校园都回荡着我一个人的声音，即使我不知道有多少人真的在认真地听我讲。上周练习的时候，老师说我奶声奶气的，话筒传出的扩音效果会让现场所有人笑的；离我最近的是初一的小同学，我要带给他们一种大姐姐给他们讲故事、讲道理的感觉，而我本身不怎么成熟的嗓音会让他们觉得我是他们的同龄人。在升国旗仪式之前，我把自己调整到了最成熟的状态，演讲时，我就真的觉得自己在给小朋友们谆谆教导。他们的目光都聚集在这里，我在给他们说话。站在台下时，我有些紧张，但到了台上，真的开始演讲时，便又像是回到了在家练习的时候，比半年前比赛时还要从容。

真的投入一件事时，你会忘了去留下记忆。国旗下讲话结束后，我回忆起的，像梦境一样零散。

潇洒游于天地间

——青年领袖峰会演讲稿

夜幕降临时，我们感慨夜空的安宁与美丽；翘首遥望时，我们总想知道外面存在着什么奇妙的东西。宇宙，是一片我们总向往着的天地；翱翔于苍穹，是人类古往今来便心怀的梦想。女娲补天的神话诠释着天在人们心中的神秘感，希腊神话中阿特拉斯在世界最西处用头和手顶住天的传说演绎着人们心中对天的向往和敬畏。

我国古代天文学家张衡，幼年时候家境衰落，有时还要靠亲友接济。贫困生活使他能够接触到社会下层劳动群众和一些生产、生活实际，从而给他后来的科学创造事业带来了积极影响。他指出月球本身不发光，月球其实是日光的反射；他正确解释了月食的成因，并且认识到宇宙的无限性和行星运动的快慢与距离地球远近的关系；他著有《灵宪》一书，在其中写出了宇宙的起源、宇宙的无限性和天地的结构。

头顶的天空，是人类共有的天空，昼夜交替，时空辗转，但这并不

就这样，静静地等待长大

妨碍人们探寻其中奥秘的渴望。张衡的探索为我国古代科学事业的发展点亮了曙光，而在遥远的西方，有那么一些人，违背了宗教的契约，在科学与生命间权衡出真理的重量。

1327年，意大利天文学家采科·达斯克里因为一个发现，而被活活烧死。他的罪名，只不过是说了地球是个球状，而且在另一个半球上也有同样的人类居住。这伟大的发现，却让采科·达斯克里因违背圣经的教义而遭到了迫害，酿成他命运的悲剧。1600年2月17日，意大利的哲学家布鲁诺在罗马百花广场被熊熊大火活活烧死，因为他到处宣传尼古拉·哥白尼的学说《天体运行论》。但这一举动，却动摇了地球中心说。

真理，就像贝壳里的珍珠，需要经过黑暗的寂寞和沙砾的打磨，才能造就它多年后的璀璨。时光，会淘洗出真理的价值。在这段时光长河里，铺就它璀璨道路的，也许是一位位为守护信念而流过鲜血甚至付出生命的人。

先哲的思想，奠定了航天事业发展的基础，也更激励我们对宇宙的向往。到底，我们是居住在宇宙中一个独特的地方，或仅仅是太空中的小小一隅？宇宙是友善的，还是充满敌意的？也许，我们一直都只是在地面上猜想和探索，但我们肯定不会永远只停留在这里。

科学幻想常常成为科学的预言，它能启发人们做出重大发明和创造。将天文知识与循理虚构的故事结合起来的太空飞行幻想小说起源于17世纪，开普勒《梦游》描述了人类飞渡月球的情景，而法国作家凡尔纳的《从地球到月球》和《环游月球》产生的影响则更为广泛。17世纪以来的科学幻想小说与古代神话传说有根本的区别，前者在科学基础上

合理演绎和设想，虚幻之中寓有合理思想，唤起了人们心底更深处的向往和勇于攀登的拼搏精神。古代火箭的发展、16世纪以来科学技术的进步、现代工业的兴起，使人类得以从幻想转向科学探索。

近代航天事业的发展，起源于国家间的竞争。19世纪末20世纪初，在一些工业比较发达的国家出现了一批航天先驱者。他们开始研究和解决航天的科学理论和工程技术问题，并且着手设计和实验火箭。经过大约半个世纪的努力，人类终于在1957年把第一颗人造地球卫星送入太空，开创了航天新纪元。

每个事物的成功总不那么容易，通往成功的道路，总是充满着曲折与坎坷。记得小学时候，忘了是三年级还是四年级的一个主题为"细心"的单元，曾有一篇练习册上的阅读文，讲述的是一架航天飞船爆炸的事件。在生命即将尽头时，一位航天员通过无线电与家里的孩子通话——那是这篇文章最揭示主旨的内容："孩子，你在今后的学习和生活中，一定要记得认真和仔细。这次事故，就是因为航天工作人员疏忽了一颗小小的螺丝钉。"在网上查找资料后，我知道了那艘航天飞机的名字——"挑战者号"。1986年1月28日，"挑战者号"在进行代号STS-51-L的第10次太空任务时，因为右侧固态火箭推进器上的一个O形环失效，导致一连串连锁反应，并且在升空后73秒时，爆炸解体坠毁。机上7名宇航员全部丧生。

科学向来是和准确严谨紧密结合的，"失之毫厘，谬以千里"的辛酸也许只有行走于刀尖上的科学工作者才能领略到。在"感动中国2015年度人物颁奖盛典"上，有一位叫徐立平的工人。他是中国航天科技集团公司第四研究院7416厂高级技师。自1987年入厂以来，一直为导弹固体燃料发动机的火药进行微整形。在火药上动刀，稍有不慎蹭出火花，就可能引起燃烧爆炸。目前，火药整形在全世界都是一个难题，无法完全用机器代替。下刀的力度，完全要靠工人自己判断；药棉精度是否合格，直接决定导弹的精准射程。每一次落刀，他好像都能听到自己的心跳。在视频中，他坦言曾有同事因一点失误而当场丧命，从此以后，他更加意识到自己工作的危险性。由于长年一个姿势雕刻火药，以及火药中毒后遗症，徐立平的身体开始向一边倾斜，而他的头发也掉了大半。28年来，他冒着巨大的危险雕刻火药，被人们誉为"大国工匠"。徐立平是航天科技中那些工作者的缩影，是世界上每个国家航天工作者的缩影，他的故事让我们更加深刻地认识到航天科技迅猛发展背后的不易与艰辛。

无比强大的宇宙带给我们无限的机遇。航空先锋查理斯·林德伯格曾说："无论是向外或向内，无论是空间或时间，我们愈是发现未知，便愈发觉它的辽阔和奇妙。"是的，发现未知让我们发觉它的辽阔和奇妙；而这些辽阔和奇妙，更激励我们去发现未知。战国《尸子》定义："上下四方曰宇，往古来今曰宙。"也许真如古书所说，宇宙的神秘来自它象征着时空的真理。

从天圆地方的认知到地球中心说的动摇，从女娲补天的传说到张衡《灵宪》的问世，从科学幻想的预言到第一颗人造卫星的升空，航天科技在如今这个日新月异的时代，越来越占据重要的地位。它的进步与发展，满载着"嫦娥奔月"中寄托的人类向往太空的精神幻想，熔铸着人类本性中的进取拼搏精神，书写着一位位科技工作者用汗水和鲜血铺就科学道路的伟大历程，也在18世纪经典力学理论、物体运动三大定律和万有引力定律后为人类正确认识宇宙、探索宇宙带来了希望。

闪烁的恒星指引着我们前进的方向，浩瀚的宇宙凝聚着我们生命的沧海一粟。法国著名作家福楼拜曾说过一句话："科学与艺术在山麓分手，回头又在顶峰相聚。"恩格斯曾评价马克思："他把科学首先看成是历史有力的杠杆，看成是最高意义上的革命力量。"爱因斯坦在20世纪30年代说过，科学以两种方式影响人类，"第一种方式是大家熟悉的，科学直接地并在更大程度上间接地生产出完全改变了人类生活的工具。第二种方式是教育性质的——它作用于人的心灵，尽管粗看起来这种方式好像不大明显，但至少同第一种方式一样锐利。"人类探索宇宙的历史，是一部冒险的历史，是一部用信念沉淀积累起的历史，是一部一位位勇敢者谱写的历史，而航天科技就是它最重要的推动力量。

我们探寻宇宙，不光是因为人类自古便心怀的梦想，不光是因为我们心中的拼搏和奋勇的力量，更因为它能点起我们对未来的希望，点动我们对生活的无限遐想。愿我们每个人，都饱含最初对宇宙的向往和憧憬，终有一日，航天科技会带领我们深刻地领略到宇宙的浩瀚与博大，那时，我们会驰骋于宇宙，潇洒游于天地间！

就这样，静静地等待长大

忆

她

也只是突然，就想起她了。

她，是那天我在领奖台上看到的。

上学期参加一场青年领袖峰会的演讲比赛，准备的时候，于我而言，那是演讲、是比赛。所有事情有了竞赛的含义，或多或少都会失了纯粹，可如果没了竞赛的成分，似乎又没有多少人会特别认真地去准备。事物的主旨往往都包含于它的标题，几个字便包括了内容和意义。有比赛便有名次，有名次便有输赢，从外观看它像一场游戏，入了局，我们却都好似成了谜，谜底却无人知晓。

那一次的主题是航天，题目有"敬佩的航天人""航天发展展望"等十四个，确定好内容后要写文章和论文。在脑中构思文章，想来想去都没在脑中搜到什么信息，后来从在网上找科技发展相关资料、到第一次成稿后的说明文、再到看过范文的重写和练习演讲，前前后后花了差不多三个星期。大量时间和精力的投入后，我抱着必胜的信心和渴望荣誉而归的心情去比赛了。

比赛前一天，我们坐在会议室，校长在最前面说，名次和成绩固然重要，但更重要的，是成长，我希望看到的是这一次青年领袖峰会比赛结束后，过了很多年，你们仍会互相记住，那个时候你们会说，噢，我们曾一起参加过青年领袖峰会；那个时候你们也会因为这样一次共同的经历，遇到困难时互相帮助……

但，毕竟这是一次比赛，在比赛面前，我看得到的所有成长，都只有不远处的结果，那是实实在在肉眼可见、两耳可闻的有形的收获。说到底，我想不出除了那个名次以外的收获和成长是什么。

比赛结束的当天晚上，我一直心怀期待想要听到突然响起的电话铃声，因为那意味着一等奖的收获和示范演讲的荣誉。然而从六点到七点、从七点到八点，看着群上接到电话的同学们一个一个发了消息，我的希望一点一点变作了失望，剩下的，就是删了消息下了线。

参加颁奖活动，我不清楚我去的意义是什么——除了当观众，我不知道还能干什么。气氛明显变得与前一天不一样了，与我一同垂头丧气的人看来不在少数。我看着他们一个一个上台、一个一个演讲，我真不知道，与他们相比，我到底输在了哪儿。时间在话筒的扩音器中流逝，仔细观看的人一点点变少，拿起手机或低头看书的人一点点变多，掌声稀疏得让人觉出一点机械的味道。纠结于结果的我，机械地坐着消磨时光。

后来，她上台了。

她的出现是场意外，意外到让所有如我一样不甘心的人心服口服。

我们习惯性地以为演讲者会站在舞台上，音箱会把她的声音传遍各个角落，然而，我们听见的，只是依稀可闻却听不出咬字的声音。台下所有的人都停下了手中的事情，大家的目光集中在舞台上。我们这才想起来，在开幕式的学校介绍时，主持人说到了一所聋哑学校。当时我们只是诧异，却也没多想，赶忙投入了比赛。

她的PPT页数很多，但每一页的画面都很简单，一张图片、几行文字，白色的底面背景上没有过多的装饰。她的老师在旁边给她举着话筒，她用手语表达着意思，发音不清却用尽全身力气地说着话，我们只能看屏幕上的图片和文字知道她的说话内容。因为她，全场安静了，特别安静，一种真真正正的安静到掉一根针都能听见的感觉。她的每一句话，都能博得一阵掌声，掌声如潮水般汹涌。我看见有一张幻灯片上有一张手绘图画，她说这是她自己画的，字幕上是她的愿望，她希望科技能一直发展，直到能让像他们这样的孩子说出最动听的话、听到最美的声音。演讲结束，台下掌声雷动。

后来她回到座位上，他们学校的座位在我们后面。他们互相用手语交流，喜悦之情展现在脸上，我看得出，他们手语交流的内容都是肯定与鼓舞。他们与我们不同，他们不会在意自己的输赢，他们会打心底里把互相当作知己，无声与无语阻断了他们与外界的联系，却凝聚起他们彼此之间最纯真的心。他们的存在就好比盘古开天辟地时的一座孤岛，汪洋环绕在周围，与大陆隔海相望。岛想与陆地连为一体，陆地也盼望彼此合二为一，但终归有海，岩石从地球内部延伸出来，早已注定了这个样子。他们不像我们，在意的是那个名次，他们在意的，只是能够勇敢地站在舞台上，从容地用手语和小到几乎没有的声音"演讲"完，即使没有人能听见，即使没有人听。幸运的是，所有人都听见了，所有人都为他们的勇敢与坚韧而鼓掌。同伴的收获就是他们自己的收获，讲台上的那几分钟，是他们一起向世界发出的声音。

回程后，我们又一次聚在了会议室，老师让我们每个人用两三分钟谈感受，感受谈完后回家再写一篇文章，名字就叫青年领袖峰会感想。那天我说的，后来我写的，还有此刻我所记下的，都是两样，一个是成绩与成长，还有一个，就是她。

就这样，静静地等待长大

忆

夜

今夜，似乎又是一个难以入眠的夜晚。

现在是夏季，但是八月的天，已经是立了秋的时候。窗外是一片宁静的夜，我听得到蝉鸣的声音——也许今年能听得见这声音的日子，已经不多了。

说到夜晚，我们想到的总是"宁静""温柔""寂静"这样的形容词，因为在这个时候，城市几乎是无声的；人们劳累奔波了一天，此刻也都安静地休息了。没有了交谈声，没有了脚步声，没有了喇叭声，没有了发动机的声音，没有了吆喝声，也没有了餐厅酒店门口的欢迎声——一切都是安静的。

于是，夜晚也就成了深思的代名词，接着又成为了反省的时间点。想起《论语》里的话："吾日三省吾身：为人谋而不忠乎？与朋友交而不信乎？传不习乎？"也许，将时间倒退几个世纪、倒退几百个365天、倒退几十万个小时，有一位学者正闭着眼躺在枕头上，反复思索着这一天的经历。他会想起早晨与客人的攀谈，他会想起中午会客时的那一顿准备充足亦或匆忙的午饭，他也会想起这一天他所学习到的学识和为人处事的道理；他会为自己困倦时的谨言慎行而有所疑虑，他会为担惊受怕中的一个谎言而有所悔恨，他也会为别人的一点安慰或鼓励而备感温暖……我们无法知道他到底在想的是什么，只有夜空注视着这一切的发生。

　　小时候的暑假，晚上睡不着，空气中有一种燥热，拉了一半的窗帘露出半个窗户，外面的大楼在黑夜里矗立，始终清晰。睡不着，我就喜欢看着窗外发呆，看夜晚高楼里的灯一盏盏熄灭，看飞机闪着光从天空飞过、不留痕迹。

　　小学的一个暑假，我和爸爸、妈妈去新疆旅游。记得有一天吃完晚饭已是深夜，奶茶的醇香还留在嘴边，高山上的清新空气让人感到神清气爽。

　　我永远忘不了那天晚上的星空，星星密密麻麻地排布着，每一颗都硕大而明亮，那么清晰，那么璀璨，仿佛与我只有几米的距离，我突然

就这样，静静地等待长大

间有了"手可摘星辰"的体会。在城市里生活的时间久了，对于星空的印象，也就停留在了"大片的墨蓝上零星散布着星星，忽明忽暗，神秘而遥远"，但我从未想过有一种星空，会让我与天的距离这么近。在那里，我仿佛看到了几千几万光年外，那些星系排列着的样子，它们的光穿过层层云雾，抵达我们的头顶。我们看着它们的样子，在脑中轻轻将它们用线连起来，于是，我们依稀认出了星空的样子，记忆最深的是那像勺子一样的北斗七星。

时光流淌，但喀纳斯那晚的星空却在我脑海中留下了抹不去的记忆。在无边的夜里，我似乎拥有了一整片星光。

黑夜漫过天空，漫过天光尽头的缺口。我们在梦里走过，凝视着沉睡的夜晚。地球自转着，将我们带入了黑夜。似乎连时间也放慢了脚步。夜空静谧地黑着，我们无法看清天空的变化，哪怕它一直在变。如果说白天人们为前路而奔忙，那夜晚就是人们思考方向的好时光。月亮是淡黄色的，月光在黑夜中洒向大地，朦朦胧胧，却让人感到温暖。

我喜欢夜。
我喜欢夜的安宁。
我喜欢夜的温柔。
我喜欢夜的寂静。
喜欢夜的宁静柔和，静谧在前方渺茫成了希望。
就像此刻这般，如此，如此……

演唱会

2017年7月22日，我看了一场演唱会，这是我人生中看的第一场明星现场演唱会，演唱者是五月天。

喜欢上五月天，是一次偶然；有机会去听他们的演唱会，也是一次偶然。

在去看这场演唱会的三个月以前，我在手机上听了一首网络音乐人演唱的《如果我们不曾相遇》，这首歌的原唱者，是五月天。

在这之前，我对五月天的认识，几乎只停留在《倔强》和《恋爱ing》上，并且，我知道，有很多大我几岁的姐姐非常喜欢他们，因为他们的歌声，唱出的是自己的青春记忆。五月天之于"80后"和"90后"，就像beyond之于"60后"和"70后"，他们的歌声，代表着一个年代的记忆。在如今情歌当道的时代，听上一首能引起内心共鸣的、与拼搏相关的励志歌曲，似乎已经成为了一个特别难得的事情。当它出现时，便会强烈地触碰到人们的耳膜。

在手机上搜索"五月天"，才知道他们为了坚持自己所付出的代价，才知道他们这条实现梦想的道路有多么辛苦：

刚成立时的第一场演唱会，一共只有20个听众；后来阿信说，他们也曾开过一场只有赞助商一人的演唱会；他们自己编写歌曲、自己制作唱片，挨个送到音乐公司；父母极力反对，听众们认为他们是伪摇滚……

就这样，他们一路坚持着、抵抗着，直到获得了一代人的认可，直到在鸟巢举行了一场20万听众的演唱会。

他们有一张专辑名叫《自传》，这张专辑收录的歌曲条目是所有专辑中最多的。正如专辑名所说，这是他们的自传，用文字和旋律记载的经历，有他们的彷徨，有他们的抵抗，还有他们彼此间的信任和鼓舞。

他们的粉丝曾说过这么一段话：在所有"五迷"心中，五月天应该就是我们的"神"了吧！在我们无助的时候给我们支持；在我们失意的时候，他们会说，"就算失望，不能绝望"；在我们面对人生手足无措的时候，听着他们的歌，总会找到慰藉。那种感觉，就像是冰冷的海中的一块浮木，给我们这群小孩以方向和勇气。常常会听到"五迷"说，五月天给了他们勇气、信心、梦想、感动，当然还有一些的疯狂，因为五月天说过，"没有疯狂，怎么能算活过"。

虽然他们的歌不能算是乐坛里特别经典的经典，他们的演唱与创作也不能算是有太多技巧，但他们的歌词，却是最能照耀青春直指人心的。

　　演唱会上，他们说这是一个特别的日子，因为在一年零几天前，是他们发行某张专辑的日子；他们也说，因为再过几天就是其中一位队员的生日，所以这也是一个特别的日子。也许对于他们来说，从他们为了梦想全力以赴的那天起，每一天，都是一个特别的日子；每一刻，都是一个特别的时刻。

他们唱"我们都有觉悟，要疯狂到日出"（《派对动物》）

他们唱"未来说 最好那天 还没上演"（《最好的一天》）

他们唱"现在就是永远"（OAOA）

他们唱"Everything will be alright"（《终结孤单》）

他们唱"夜未央，天未亮，我在幸存的沙场"（《入阵曲》）

他们唱"庆幸还有眼泪 冲干苦涩"（《后来的我们》）

他们唱"张开屏风 带你飞行"（《超人》）

他们想听观众们的"神经病"音量分贝。

他们唱"你的笑只是你穿的保护色"（《你不是真正的快乐》）

他们唱"昨天太近 明天太远"（《拥抱》）

他们唱"忘了要长大 忘了要变老"（《好好》）

他们唱"会不会 有一天 时间真的能倒退"（《干杯》）

他们唱"再干一杯敬那年 狂妄理想"（《兄弟》）

他们唱"人生有限日子挥霍一下"（《人生有限公司》）

他们唱"那黑的终点可有光，那夜的尽头可会亮"（《成名在望》）

他们唱"期待着彩虹，所以开了窗"（《我心中尚未崩坏的地方》）

他们唱"如果能有一天再一次重返光荣"（《孙悟空》）

他们唱"当一阵风吹来，风筝吹上天空"（《知足》）

他们唱"未知的未来，我们会航向怎样的未来"（《少年他的奇幻漂流》）

他们唱"善恶的分界，不是对立面"（《黑暗骑士》）

他们唱"你追逐，你呼吸，你嚣张的任性"（《顽固》）

他们唱"你会在梦里与谁相遇"（*Do you ever shine*）

他们唱"你我皆凡人，生在人世间"（《凡人歌》）

他们唱"一颗心扑通扑通的狂跳"（《离开地球表面》）

他们唱"你是阳光但是却能照进半夜里"（《恋爱ing》）

他们唱"那一天，那一刻，那个场景"（《如果我们不曾相遇》）

他们一起祝朋友生日快乐。

他们唱"我们曾走过无数地方和无尽岁月"（《任意门》）

他们唱"写这首长诗，用一生时光"（《转眼》）

他们唱"温柔的蓝色潮汐，告诉我没有关系"（《人生海海》）

他们唱"我还是期待明日的新景色"（《伤心的人别听慢歌》）

他们唱"如果你愿意一层一层 一层的剥开我的心"（《洋葱》）

他们唱"最怕空气突然安静"（《突然好想你》）

他们唱"我不怕千万人阻挡，只怕自己投降"（《倔强》）

就这样，静静地等待长大

忆

他们一起唱生日歌、一起切蛋糕，他们在超过40℃的高温下挤在一起唱《拥抱》。

《倔强》是他们的代表作，也是这一场演唱会的压轴歌曲。音乐响起时，体育场旁边的大厦闪着灯光，黑色的夜空把周围的荧光棒衬托得更加明亮。

《倔强》结束后，演唱会也就结束了，手表上的指针走到了十点以后。台湾作家龙应台在看老朋友蔡琴的演唱会时，在五万个四五十岁的听众里，想起了正在加护病房里的才子沈君山。而此刻，我随着不知几万数量的人流走出体育场，没想到什么，只看见前面人头攒动，却看不清前面的路。

龙应台写那场演唱会的文章，名叫《山路》。在那篇文章的结尾，她写道，"才子当然心里冰雪般的透彻：有些事，只能一个人做；有些关，只能一个人过；有些路啊，只能一个人走。"五月天已经熬过了最艰难的路，而他们的歌，也激励我们在踽踽独行的路上，一直、一直向前走……

海

已经是第二次来泰国了，上一次是普吉，这一次是苏梅。

坐着快艇颠簸于海面，从这个岛屿跨越到另一个岛屿。坐在快艇里，透过玻璃看外面的海面，天是蓝的，海是碧绿的。飞溅起的水滴打在玻璃上，又特别快地落下去。耳边持续不断地传来轰鸣声，头晕晕的，视线所及是一望无际的海。

忆

晚上在海边的酒店住下，坐在楼阁的餐厅里，扭头看到的是树和海，海的那边是一连串岛屿和零星散布的船，我不知道那是渔船还是客船，只看见那一个一个小点在海天相接处移动。天完全黑下来了，不知为什么，这里的夜空是墨蓝色的，海面和天是一样的颜色。整个画面像一块墨蓝色的画布，中间横放了一根线。海的中央，我所看到的中心位置上，亮着一盏灯，在海面的晕染和墨蓝色的映衬下，显得格外明亮。我猜那是一条渔船，去那儿干什么我不知道，但我记得在天将黑时，所有的船都在往岛屿上开时，只有它一个，在逆流着向海中央行驶。此刻，餐厅旁的椰子树下亮起了灯，似乎与海面上的那一个点交相辉映。

对海最深的印象，是在去往回程飞机的机场的小型轮船上看到的海。船在水面上慢慢地走，风轻轻抚起海波，吹起我们的头发，海的咸味和腥味时刻萦绕在空气里。这里有属于海面的悠闲，人字拖和赤膀都有了理由。船慢慢地行驶着，心里却也不急，时间就这么让你心甘情愿地缓缓度过着。有人聊着天，有人静静地坐着，所有的行为都慢条斯理的。抬头看天空，山和云一点一点向后移，逆着船行驶的方向；低头看水面，船底部的动力激起两边的浪花，一步一步吐着白沫。在地球上，岛屿就是点，随意散落着，连接全靠船。

我们在船上，感觉什么都是静止的。运动与静止，也只有找到合适的参照物才能区分。云那么快地在移动，以肉眼可见的速度，像针织的绵，一针一针挨着，一团一团连着。云飘到这儿、飘到那儿，最终会静止，还是会不停地飘？船上的时光中，只有天和海，和无休止的颠簸。远方茫茫无垠，一片浩瀚。看向前方，海到了尽头，便是天，还有远处快艇在太平洋上划出的白色线条。偶尔出现的海滩上，扑打上来的海浪与退去的浪花反方向，冲上来又离开，一层一层的，风里只有海的声音。

　　太平洋上的这个地方，有海、有山、有树、有热带雨林，有蜥蜴、有壁虎、有狗和鸟。这里把自然和人文交融得那么好，海和热带雨林似乎是这里的一半体现。

　　离开的那天，我们赶上了一场雨，瓢泼的暴雨下得淋漓，一串一串，带着海的味道。

就这样，静静地等待长大

卷　子

"海纳百川，有容乃大；壁立千仞，无欲则刚。"

"沉舟侧畔千帆过，病树前头万木春。"

"乱花渐欲迷人眼，浅草才能没马蹄。"

"骐骥一跃，不能十步；驽马十驾，功在不舍。"

"蒌蒿满地芦芽短，正是河豚欲上时。"

"已是悬崖百丈冰，犹有花枝俏。"

"三军可夺帅也，匹夫不可夺志也。"

手边的草稿纸，翻过去，发现原来是小学时的一张卷子。卷头上写着，"语文练习（2013.3.29）"。放下笔想一想，2013年，那是我六年级的时候。如果不是上面标注着的日期，我回望记忆，总觉得这是张四年级的卷子。到底是一份家庭作业，还是一张课堂上的练习？我不记得了，记忆里没有答案。但看着上面红蓝交替的字迹，我渐渐觉得，这是一张在课堂上完成、又在课堂上讲解了的练习——然后，记忆就渐渐默认了这个答案。

前两道大题为字音和字形，第三道大题就是诗句填空，卷子的最底下，是一道看图概括含义的题。有两张图，一张是一只小牛犊被拴在一棵树上，另一张是长大了的牛腿上绑着绳，树被砍断了，但牛仍不愿动。红笔把图片内容大大地写在底下，又写下了主旨："做事要随机应变，不能刻舟求剑。"

六年级的时候，早读时间老师总会让我们做练习，一个早读一张练习卷，大部分都是字音字形练习，满页的填空巴不得几分钟内写完。现在想想，我居然对自己那时候迫不及待的求知欲感到惊愕，那时候，真的是在单纯地学习，真的在为自己学会了一些东西而快乐。后来，那些字词卷都被我整理好装到一个档案袋里。当时想的是，哇，这么多卷子，还都写得密密麻麻；可如今看来，那些卷子、那些词汇就那么一些，当初"高高在上"的东西，变为了如今的"简简单单"。

我常常喜欢干一件事，就是在整理东西的过程中，回想一下与它有关的事情。比如，看到一张卷子，我会想，当时是在什么情况下写的这张卷子、当时写下一道题时又想到了什么、哪篇阅读文让我有了思考、哪次的考试结果又带给了我欣喜或伤心？我就一页一页地翻着，哪些记下的题我会了，哪些做过的笔记我又忘了？

于是，一次一次地，我看着一摞一摞的卷子由厚变薄，也看着那些有意义的试卷一点一点留给我越来越深的印象。

小时候喜欢看卷子，因为那代表着纯纯粹粹的知识；现在呢，看着一摞一摞的卷子，似乎觉得有一些心惊胆战，因为那代表着考试，代表着未来带给你的压力。

　　感谢小时候留下的那些最珍贵的卷子，因为只有看到它们时，我才能想到几年前，那个蹲在地上翻卷子的我，还有那种单单纯纯的对知识的热爱。

忄

中 考

我想回忆一下我的中考。

现在想想，那好像已经是很久以前的事情了，虽然我知道，与现在相比，那只不过是在时间轴上后退了两格。

"中考"这个词，似乎从我们一进入初中就开始频繁地传入我们耳里，渐渐地，越来越频繁，以至于到了初三，那个词不用人提醒，都会时时刻刻地出现在脑中。

总惦记着结果，总犹豫于现在；烦恼着我到底还有多少欠缺的，痛苦着下一秒或明天到底是该继续还是该坚持，这是我在经历成长后第一次感受到的压力——对于未来的未知和渴望。

我总觉得，有一样东西在将我"拔苗助长"，不是老师，不是父

就这样，静静地等待长大

母，我说不清它在哪儿，却又感觉它像我的影子一样，与我形影不离。我总是在想，我该怎么做才能让自己离目标更近？做题的时候，我在想，这个题做对了，能为我中考添多少分；听课的时候，我在想，噢，这是一个知识点，应该也包含于考纲里了；休息的时候，我更加惶恐地想着，我的同学们，此刻是不是还在马不停蹄地奔忙于各个补习班……

毋庸置疑，压力会带来坏心情，坏心情会在此刻的压力之外更添上一层压力，如此循环。心情糟糕着，压力积攒在心里，这样的状态就像埋好了炸药的一座山，稍有动静便会山崩地裂。

早上学校的广播里，心理老师用柔和的声音和简单易懂的小故事，告诉我们如何缓解压力；每周的班会上，老师反复强调坚持的不易与重要性；家长会上，老师叮嘱家长，一定要维持好的家庭氛围，让孩子们保持最良好的状态。每次的模拟考试都会带来压力与煎熬，如何坚持过这一段时间，交完最后一科的试卷然后回家彻底放松，紧接着去迎接下一次模拟考试的煎熬来临。进入秋末冬初的时候，天空整日阴沉着，持续不散的雾霾更让我们心里增添了压力。最可怕的便是那段前不着村、后不着店的时刻，就像起航了准备跨越大洋的轮船，看着大陆在身后的天际线上一点点消失，再看着周围全部被一望无际的海包围，感到自由的同时，更多地感受到的却是无助与迷茫。

午休的起床铃响起，头脑清醒后总感觉周围的同学都在看着前面黑板发呆，谁都明白那份渴望与疲惫。初三开始后的第一个月刚过，每个班都有同学陆续请假，老师在办公室里互相谈论："哎呀，才一个月就熬不住了，还要这么坚持一年呢。"十月份的时候，刚刚毕业的学长学

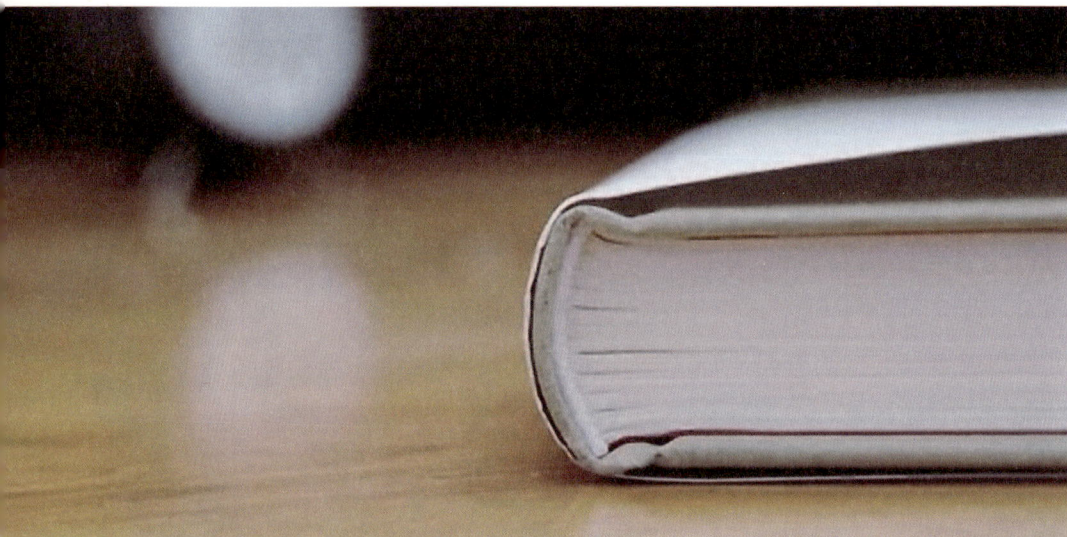

姐来看老师，告诉老师一定要让我们珍惜现在轻松的时光，我们听后有种深深的无助和畏惧感。十二月，那个天空整日阴暗的冬日里，老师鼓励大家："再坚持一下，每年的十一月中旬到一月结束都是最煎熬的时刻，一天一天坚持着就过去了。"

整整一年，遇到想要放弃的时候，不远处的那个东西就会轻轻拉扯着你的神经，逼迫着你一步步匍匐前进。就这样，我们走到了人生里那个令我们畏惧却终于还是要面对的时间点。最后几天，大家的心里都有点躁躁的，有些激动，又有些恐慌。所有人都等来了最后一天，各科老师纷纷给我们上初中的最后一次课，我们也认真聆听。也许，这也是我们这一生最后一次再听他们给我们讲课了。最后一节课，老师们带点欣慰也带点不舍，我们心中更是有种难以言说的惆怅，有点像那篇名为《最后一课》的课文里描述的那样。所有人，都格外地认真。几乎所有

忆

老师都喊了"上课"和"下课"，我们也特别珍惜这一次的问好与鞠躬。语文老师在初中开学第一天就说过，他带学生时从来都只喊一句"上课"和"下课"——"上课"是在初一开学第一课喊，"下课"是在中考前最后一节课喊。那天的语文课，我们都期待着下课铃的响起，还剩一分钟的时候，老师说："我在开学时就给大家说过，我教每一届学生的时候，从来都只喊一次'上课'和'下课'。来，现在，我们有始有终——下课！"

"老师，再见！"

下课铃接着就响了。

接下来的那几天，好像都是飘忽不定地度过的，以至于在回忆时，记忆零乱得无法拼凑出一段连续的影像。学校电视台给我们制作的毕业视频是在考前休假前的一天看的，往日的点点滴滴在分别时刻被烘托得令人潸然；毕业照是在复习假期间的某一天照的，照完相就和父母去预定考场附近宾馆的房间了，尽管好像没那个必要。准考证号在两个多月前就记住了，考场在备考的这几天为大家开放，为了心里能够踏实一点儿，每个人都走进完全陌生的学校、在锁着的教室门外透过玻璃仔细地看。对那几张试卷怀着敬畏与担心的心态，它们在不远处有种神秘的神圣感，沉甸甸的太有分量，也正因此，怎么准备考试用具都觉得不够好。我们去文具店买了考试专用的2B铅笔、中性笔、橡皮和尺子，店里挺热闹，与中考有关的文具都摆在显眼的位置，垫板什么的平时根本用不着的东西此刻都为了谋求一份心安而装在了袋子里，临走时老板还叮咛，"笔好用不？中考考卷的纸是特制的，有的笔可能不太好写，这种笔最好"，又因为心里的那种敬畏感，在柜台为了一根笔又付了将近十块——我已无心在意价格的高低了。住进宾馆的前一天，我收拾好了行李箱，衣服、考试用具和两袋复习资料，我不知道我会用到什么，只不过都带上会觉得心安，像是要离家出一趟远门。考试的前一天下午，车开进了宾馆，看了会儿电视、睡了会儿觉，晚饭后在院子里转，院子里植被茂密，还有人工湖和假山，听不见马路上的声音，时间慢下来后有点儿与世隔绝的感觉……

只可惜，真正在"战场"上的那两天，我没心思细细感受，也来不及深深记忆。几乎提前一个小时进的考场，时间过得很快，发了试卷后难以相信自己就在中考考场上，习惯性地书写和答题，像是在考模拟考。早、中、晚的饭都是特地让厨师准备得最好的，我很愧疚，那精致的糕点浪费得太可惜；最后一门考试进考场前，我听见前面的两个男生说话，一个对另一个说，"你要不是状元我就……"最后一科考完后，出了教室收拾东西，我看见隔壁教室里的两个男生冲出教室、抱在一起疯狂地又叫又跳。老师在我们放置书包的地方和跑过去的我们击掌，笑着对我们说，"好了，好了，都结束了。"卷子查清和密封前是不能放学生出去的，一大群人拥挤在校门前，隔着一道栅栏门，外面还是一大群拥挤的人，门开的一刹那，我们兴奋地向外跑。

小学的时候，每年夏天的某个周末，经过中学门口，都会看见一大群黑压压的人群，公交车上的人都从窗户向外望，路过的人议论着："这怎么了？哟，中考！"没想到这么快，我就成为了那令人惊呼的人群中的一个。

其实不是考完了就结束了，估分后要难过几天，成绩出来后也要纠结几天，真的心满意足的人不多。这阵子过了，我们又都要准备接下来的那一阵子，从来都不敢真的停下。

高中后，刚开学老师就反复地强调高考的重要性和三年里必要的付出。老师说，高中真的很辛苦，高三的时候，老师们会在家长会上要求家长每晚给孩子们煲汤。你看，多少高考完的学生出来后都抱着家长哭了——真的太不容易了。

开学后不久的语文课，老师念了班上一位同学对中考回忆的作文。她说，放学回家很累，妈妈每晚都给自己做很好的饭菜，写作业的时候，家人会悄悄推门端一杯水进来……

——我突然有种想哭的感觉。

军训的记忆

　　原谅我总是这样，在经历一次珍贵的记忆后，要等很久很久才会把它记录下来。但请不要责备我的拖延，因为我总觉得它太过珍贵，所以迟迟不肯下笔，害怕破坏了记忆里它所留下的感动，于是就这么一天一天拖延着，拖到记忆快要淡去的时刻。幸运的是，我们往往过了很长时间才会明白，真正让自己记住的到底是什么。

　　那个夏日，我坐大巴车上，在座位上摇摇晃晃地写下断断续续的这么几句话：

　　"军训是每个学生升入高中的必修课，很多人第一次体验没有家人的陪伴，背起行囊独自前行。

　　"太阳已经升起，大巴车上有专属青春的味道。车行驶得似乎很快，窗外的风景交替变换，趋于宁静。突然从楼的缝隙里看到了南山的样子，不只是轮廓，清晰得……城市里的人常会因为看到山而在窗前兴奋，我意识到自己已经很久没看到过山了。"

省略号是当时点上的，因为实在想不出该如何形容。我以为在军训结束时便可以完成这篇文章，却不想，一下子拖了这么久。以今天的感受去续写当时的文章，无论如何，那样子都是滑稽的。提笔重写，我确定，字里行间仍会存有当时的感动，除此之外，还会增添一种时间流逝的感动。

那天，大巴车上装载着我们和行囊，向远离学校的地方驶去。夏末早上九点的太阳似乎没那么的火辣，坐在车上，看着它冉冉升起。后座上男生们扯开嗓子唱歌，我们彼此间也都在分享零食。

道路一点一点变得空旷起来，车轮转动的速度也好像在一点点加快；窗外的风景变换着，但不变的趋势，就是在一点一点地离开喧闹、驶向宁静。突然从不那么繁密的楼的缝隙里看到了南山，不是轮廓，而是实实在在有着起伏的山，清晰得感觉像是凝固了的空气。那一刻，我想起了小时候，天气晴朗的白天，妈妈会站在窗前，偶尔把我叫去，指着远处让我看缥缈在云层里的南山的样子，每逢这时，妈妈的神色都有些兴奋，而我也常常有种迷离的错愕。

南山，中国秦岭的一部分，至于它接续起的到底是哪一部分，我并不知道；关于它为什么叫南山，我也无法解释得清楚，我只知道，它是我们在窗前望见的那座山，那座让妈妈兴奋、让我感到迷离错愕的山。

关于秦岭，这座在黄土高原上褶皱起伏的山脉，我的脑海里有很多记忆，但此刻浮现起的只是画面，无法再将它们拼凑成连续的影像。

小时候的日子不温不火，简单而纯粹，几乎没有什么零乱。节假日里，总能留出时间游山玩水，看这树的翠绿，嗅那花的芬芳。秦岭，是我记忆里那时最常来的地方。我记得把脚边的石子掷向流水中，叮咚作响，水花四溅；我记得光着脚丫踩在石头上，任水淌过脚背的冰凉；我记得路边老农在卖葵瓜子——那是我这十多年唯一一次抱着向日葵吃里面的瓜子；我也记得终南山隧道里，在摇晃的汽车上掐表计时走完十八分钟的路程……这是我对山的记忆。

　　大巴车窗外的景色不经意间勾起了我的记忆，我猛然意识到，生活越来越繁忙，自己已经很久没看到过山了。

　　直到现在，我仍记得当时在车上透过窗户看到山的样子时的惊愕之感，那种惊愕，令我自己都感到怀疑和惊诧。我无法说得清，这个自然界之中长久存在着的，这个常出现在我们书本和试卷上的"山"，此刻见了，却如此陌生。看着它的样子，我仔细地想，竟然想不起上一次它停留在我脑海中是什么时候。我有一种受了惊吓的惶恐之感，我的惶恐不只来源于

它，这个令我熟悉又陌生的山，更来源于那些逐渐被我淡忘的事物。我努力地想，却什么都想不起来，我的脑子里已经充斥了太多与所谓的"未来"有关却与生命无关的事物。那一刻，我只想看山，我只愿看山，朦朦胧胧的意识里，我仿佛感觉到，自己在从这个世界，看向另一个世界。

车向前驶着，楼和树向后退着，似乎从某一段路开始，窗外一下子就变得冷清了；又一下子，我们就到了山脚下。

下车的时候下起了雨，已经有几个学校在操场上训练了，我们的教官对我们高声喊着，我们不知道接下来等待我们的是什么。

那天晚上，我在军训日记里写，"第一次离开家门去军训，秦岭里的环境很原生态，路边的农家铺让我想起了小时候去秦岭的经历。"我们是二楼的第一个宿舍，每天晚上要值班，两个人一组，一组一小时。午夜被室友叫醒，拿本书坐在楼道椅子上看。在楼道里转一转，敲敲门，再看看书，时间就过去了。第二天起来却也不觉得困。

训练没有想象中那么累，休息的时间挺

多，大家一起聊聊天、吃吃东西，有一种悠闲的舒适。早上起得早，天还没有亮，房间的灯也黑着，摸黑洗漱完后稍微休息一下，就到了吃饭的时间。在操场上集合站队，要唱军歌，唱得好了再去吃饭。吃完饭回宿舍整理床铺，然后大家就围坐在一起聊聊天，等待集合哨的响起。

第二天下午，头顶烈日挺晒，抬腿不动的时候，教官说："要敢于做不敢做的事情。做喜欢的事情和不喜欢的事情，是一种成长；做不敢做的事情，是一种学习和突破。"我记得那时的我还处于一种无助和纠结的状态中，听到"敢"和"勇气"等词都会感到一种力量和希望。第二天的军训日记里，我写下了这句话，也写下自己的感受，"成功可能往往就在于敢和不敢之间，即使有些事情的可能性很小，但也总有一种东西叫作'奇迹'。就像乔丹说的那样，'如果必须有一个人要赢，为什么，不能是我呢？'"至于前一天的回忆，我写着，"吃饭的时候要背'锄禾日当午'，睡觉的时候大家需要扶一下架子床。昨天我们宿舍两个人轮流守夜，宿舍楼里很静，楼道里的灯有些昏暗，我在黑夜里静静看书，寂静但不寂寞，远离了热闹的宁静，真的很好……"

真的很好。喜欢那种安宁，喜欢那种平静，喜欢在夜里思考并做一些简单的事情。

我喜欢去记录一些真的让自己有感触的事情。第三天的日记上，我写下了教官说的又一句话，"人生有n+1个困难和挑战，你需要n+2个尝试和突破，你的这一次失败，可能就已经倒在成功的门槛上。"

我也喜欢去记录一些有意义的文字。室友在自己床铺旁的墙壁上发现了一些字，我们就像发现了新大陆一样聚在那里一起看：

洗澡水是凉的

别去了

……

旁边还有一段：

衣服不吸水，晚上洗了早上就干

买矿泉水就买一扎康师傅

床铺底下有扇子

教官一般24点—6点休息，不查寝

……

晚上出操给身上喷点花露水，有虫子，多

学长只能帮你们到这儿了

2016年8月25日

写字的人是在我们到达前两天才走的。

我更喜欢去记录生活中令我感动和铭记的事情。

军训的那些天里，我最忘不了的是8月30日的中午——那属于211宿舍的中午，那充满"鸡汤"的中午。

好像就是从对教官严厉苛责的抱怨开始说起，不知道怎么回事儿，我们就说起了家人什么时候的行为让自己感觉难受了、感到压抑了。然后说着说着，就说起了心底最深处的话，那些生活中不经意的一些瞬间的感受，那些看似遗忘了却被埋在了潜意识里的感受。

小N是最先说起的，也是整个中午说得最多的。我从幼儿园开始就和小N认识，从小都挺安静的，但在初中后，我才发现她倔强中带点叛逆的性格。从来了的第二天开始，她就有些烦闷，想回家，我们坐在一起聊天的时候，她也会在偶尔的沉默中嘀咕着："哎呀，我要回家。"第三天的早上，收拾好床铺后，她背着包，起身又坐下，依然在嘀咕："烦死了，这地方真讨厌。"她甚至在一次起身后背着包拉着行李箱要走了，"我真的一刻都不想待在这儿了，我真走了，谁都别想拦住我。"当然，她没有真的走，走到了门口她就转身回来了。

那天中午，宿舍里的人聚在一起，说了很多。

"小时候爱喝果然多，每次从幼儿园回来都放着一瓶新的。"

"有一次买气球，后来飞走了，特别特别难受。之后的一天，突然在家里看见了那个气球，特别开心，姥爷说气球其实一直都在，飞走后又飞回来了。过好久妈妈才告诉我，姥爷知道我特别难受，气球飞走后去了几个卖气球的地方，然后买到了一个一模一样的回来。"

"小时候爱喝一种冰红茶，觉得那个牌子那个包装的才好喝。这么多年过去了，不那么喜欢喝了，但要喝的时候，他们还是只买那一种。"

"你的一句话，他们会记一辈子。"已经忘了当时是谁说出来的这一句，还是自己脑中闪过的。在本子上记录完她们的故事后，我在后面写下了这句话。我没有说自己的故事，但听着她们的话，我想起了板栗、想起了酸奶，也想起了溜冰。幼儿园的时候特别爱吃板栗，回家后，姥姥就把买好的板栗剥给我吃；幼儿园旁边有个卖零食的店铺，姥爷接我放学时路过那儿，总会给我买一瓶娃哈哈或者爽歪歪；悠闲的时候学会了溜冰，之后姥爷总问我，"想不想溜冰啊？"有一次他来接我，手里提着溜冰鞋，带我去家对面的公园溜冰。

不是每个人的回忆都是一样的："……我奶在我没出生的时候就走了，我爷在我两岁多的时候走了。我大多数的时候都和姥姥姥爷在一块儿生活。我姥爷走的时候我也没赶上，我爸我妈给我说，姥爷在手术台上还问起我了。"

……

宿舍的门紧关着，窗外的阳光好像也没有那么引人注目，我们听不见楼道的声音，天花板上的电扇"呼呼"地转——一切好像都不重要了，这里只有我们，只有故事。眼泪流在脸上，房间里似乎也充斥着水雾，周身全都是感动，最大的触动在心里，时间和空气又配合得那么默契，让房间安静而温暖。房间氤氲着温暖与酸楚，此刻，211一间宿舍好像就是整个世界。

"我奶奶身体不好，爷爷得了一种病去世了。那种病好像是带有遗传性的，特别难治。我从小都想学医，因为学医可以救人，起码可以让自己的亲人好受一些。上幼儿园的时候，我奶奶天天接我、送我，后来她病了，我爸我妈来接我。但之后我才知道，在接送我的最后的那些天里，奶奶已经病得很重了，可她还是会来接我。"

"我真的特别难受，从小都想当医生，因为我特别害怕看着自己身边的人一个一个病倒，然后可能就再也起不来了。但我现在才发现，自己根本学不了医，因为学医要理科好，我根本学不了理科。我有时候特别恨我自己，我怀疑自己小时候是不是把脑子给摔坏了？！"

　　"我小时候是练体操的，去舞蹈学院附中时候，人家要测身高，然后要按一下你的脊柱。那个老师把我的脊柱一按就说，这个娃将来长不高。我的梦想就这么被阻挡了，自己的未来努力都努力不来。"

　　"我觉得奶奶不喜欢我，偶尔回去的时候她总要问我的成绩。一个家族的人特别多，孩子从小就要给家里争脸。我希望自己特别优秀不让他们失望。奶奶只有在给别人说自己的孙女是××名校的时候，才会特别骄傲，别人还以为我奶奶特别喜欢我呢。"

　　"其实他们还是爱你的，所以才会在外人面前提起你的好。"我记得，这句话是小Q说的。

　　"我不喜欢学习，我想学电影，我妈根本不同意，大人们觉得那些都是闲事儿。初三的时候我根本没有像其他同学一样特别用心地学习，一年看了好多电影。我中考成绩不高，考完后都害怕自己没学上。我将来就是想做电影，梦想是属于我的。"

　　"我想当编剧，小学时候语文不好，初中后就不停地看书，看了好多小说。初中时，语文就成了我的强项。我希望以后看到的电视剧，最后的人员名单上，编剧写的是我的名字。"

　　"现在做不喜欢的，以后才能做喜欢的。好多大人觉得我们的梦想特别好笑，觉得不切实际，但是越被嘲笑的梦想，越应该努力。自己的梦想是自己给自己的承诺，我们必须为了自己而努力。人在做，天在看，只要努力，那些承诺终究会被兑现。越努力，我们才能越幸运。"

......

原谅我的笔墨只记录了那个中午的一部分，也许连十分之一的感动都没有写出。那两个多小时我们说了太多，刚开始只有五个人，五个人都哭了；后来另外五个人也回来了，她们起初是诧异，最后也都感动了。煮"鸡汤"的中午，十个人里，七个人都落泪了，有的人不说话，坐在旁边听着这些故事，默默地哭——其实那些不同的故事，也都能让每个人的内心产生共鸣。

每个人都有自己的故事，每个人都有自己的偏执。世界上的大多数事情都没有对错，而矛盾的出现也只是因为立场的不同，很多现象的背后都有原因。很多时候，因为爱，才会为一些事情耿耿于怀，而那耿耿于怀所带来的无法言说和难以抗拒的东西，大抵是被爱之人无法释怀的。矛盾的呈现总不会太好，兴许随着时间的流逝而淡去才是最好的宿命。就像电影《被嫌弃的松子的一生》所描述的：松子愿为所爱之人忍受痛苦，手抚着墙壁说"守候他"；而墙壁内侧的龙洋一却不愿让所爱之人因自己而再承受痛苦，为了让她幸福而选择了"离开她"。

世间的很多事情经不起探寻，因为越被探寻，越接近它的真实。错误与矛盾的内在不值得怀疑，只是它的存在形式无法让人接受。

哭，因为我们很善良，因为我们心中的慈悲，因为在很多表面假象掩盖了真理的时候，我们仍怀抱希望。生活中的幸福和痛苦成正比，衡量着生命的厚度，就像通过质量与体积能测算出密度的大小。常会有不如意存在，阴阳差错常会产生抱怨与不甘，但，我们还是要坚持自己。

记忆终会淡去，时间还在向前，我们也还要去经历、去感受。也许很长时间之后，我们会忘了当时说了什么，也会忘了到底被什么所触动，甚至会不记起那个曾带给我们感动的中午，但它终究存在。

8月31日中午，我们就要离开了，带着行李箱，带着一身的疲惫。

大巴车向前开着，我依旧看着窗外。山渐渐地、渐渐地后退，直至消失，我却感觉有些突然。按原路返回，来时很长的路，此刻却变得好短。从宁静走向了喧嚣，窗外的树遮住了半边的视线，慢慢的，楼几乎遮住了整片天空——我好像又对山感到陌生了。习惯了在山里平静而规律的生活，我深刻地察觉出城市的匆匆与奔忙。从规律与平静回归喧嚣，我突然有些慌张，像是走向了另一个世界。至于山，我对它的记忆像是又淡了，那些故事也像是没有发生过一样。

时隔一年多，庆幸还能模糊地写下当时的故事，虽然会有些差错。庆幸还有山，也庆幸，我们把记忆的故事藏进了山的凹陷处，就好像藏进了岁月的沟壑里。

许多事情，值得被庆幸，庆幸被经历。

我们应该庆幸自己是有感情的，我们应该庆幸自己是有感受的，我们应该庆幸自己是会被感动的，也正因如此，我们才能感悟到更多的东西。

我们常认为经历最宝贵，但细想一下，这些经历里，存在最多的，其实是你的感受。在时间的流逝中，我们收获自己想要的，或是意想不到的感动与感悟。我们由我想所组成，生命也因我感而更显珍贵。

感

茶花女

"一个月里有二十五天玛格利特戴的茶花是白的，而另外五天她戴的茶花却是红的，谁都摸不透改换茶花颜色的原因是什么，而我也无法解释她的目的是什么。除茶花以外，她没戴过别的花。因此，在她常去买花的巴尔戎夫人的花店里，有人给她取了一个外号，称她为'茶花女'，这个外号后来就这样被叫开了。"

《茶花女》这部作品，是小仲马对自己经历的回忆。文中的主人公叫阿尔芒，阿尔芒的经历就是他的经历。以第三人称讲述自己的故事，表现的，是他对过往的悔恨，对爱的执著，以及一种灵魂的洗礼。故事为我们再现了当时的社会环境，也引起了人们对社会道德的反思——人们有时只是追求金钱、权利和欲望，即便是有些颇具名望的人，也仅仅

就这样，静静地等待长大

空有一副皮囊，内心的无情与冷酷总不被人看到；而那些人世间最真挚的情感，却被诬陷为令人不耻的东西。在这部书中，小仲马把自己的父亲刻画成一个世俗的形象，过灯红酒绿的生活，以自己的文学水平而自傲，却从不发自内心地有过对他人的情感，用所谓的社会道德，去衡量真假与对错。

亚历山大·小仲马是法国著名小说家大仲马任奥尔良公爵秘书处的文书抄写员时，与一女裁缝所生的私生子。七岁时大仲马才认其为子，但仍拒认其母为妻。受父亲影响，他也热爱文学创作，并且和他父亲一样勤奋，成为法国戏剧由浪漫主义向现实主义过渡时期的重要作家。私生子的身世，使小仲马在童年和少年时代受尽世人讥笑。成年后，他痛感法国资本主义社会的淫靡之风，造成许多像他们母子这样的被侮辱和被损害者，决心通过文学改变社会道德。他曾说："任何文学若不把完善道德、理想和有益作为目的，都是病态的、不健全的文学。"这是他文学创作的基本指导思想，而探讨资产阶级的社会道德问题，则是贯穿其文学创作的中心内容。

1848年，24岁的小仲马根据自己的爱情经历，写出了他的成名作《茶花女》。这是小仲马第一部扬名文坛的力作，小说所表达的人道主义思想，体现出人间的真情——人与人之间的关怀、宽容与尊重，更重要的，是一种人性的爱。这种思想感情引起人们的共鸣，并受到普遍欢迎。

威尔第为这部作品的歌剧创作出了《饮酒歌》，他说过一段话，是对《茶花女》的很高赞誉和解读："因为爱，勇敢跨越门第礼教；因为误解，终生陷入悔恨遗憾。一个令人为之叹息的爱情故事，一首首撩拨心弦的动人乐曲，造就了全世界最受欢迎的歌剧名作。"

这部作品之所以能扬名天下，是因为它对善与恶的重新定义、对神灵的思考、对人性的深思。偏激是每个人思维的劣根性，我们都难免因为一件事以一概全地评价一个人，而小仲马通过自身的经历，了解并深爱着一个在大多数人眼里生活放荡、行为超出道德规范的妓女的生活，并将她的故事展现在我们眼前，也为我们展现了人与人之间最真挚的情感。我们有时只看表面的皮囊，不愿看到它内在的事物。柴静在《看见》中写了这么一句话："探寻就是要不断相信、不断怀疑、不断幻灭、不断摧毁、不断重建，为的只是避免成为偏见的附庸。"当整个社会都定义并认同了一种观念，这种观念便会被当作一种正确的思维导向，其它与其不符的观念很多时候都会被认为是一种错误。我们应该仔细思考思考，那些所谓的正确真的正确吗？在崇尚神明、人权极度缺乏的时代，尼采一句"神死了，人活了"让大地为之震动，成为后来人们世代的敬仰。我们习惯了别人口中的正确，心中本有的真理便会消磨殆尽。把一个人、一件事想象成一张白纸，以尊重的眼光重新去认识，这是我们每一个人都该去学习的东西。

《茶花女》的中心是"爱"，对于爱，有这么一段话：

"有人说，爱的结果，要么是相互亏欠，要么是相互补偿，不能通过同一种方式去挣扎，于是有人就选择了放手。可是还有一些人，坚持地认为，亏欠或补偿不是目的，而是手段，那么成就对方时则更会珍惜和重视。"

我们需要真真切切、发自内心的情感，而不是在一些情况下刻意而为的表象；

我们需要不局限于此刻的思考，而不是常常习惯了的认同。

——也许，这便是《茶花女》的故事所讲述给我们的东西。

是该难过一下了

————————————

最近，央视的《朗读者》正在热播，知名的、不知名的、年迈的、年轻的朗读者，都在这个舞台上朗读着自己心中感触最深的文章。衬着轻缓而柔和的音乐，他们的双唇一张一合，将书卷上的文字娓娓诵出，一字一句将字符谱成乐章。

紧张的学习生活，使我看电视的时间极少。听说老艺术家斯琴高娃的朗诵感人至深，于是在一个周末的夜晚，我点击着手机屏幕，通过耳机静听起她的声音。

文章很熟悉，是贾平凹的《写给母亲》——一篇从小学起就见过的阅读文。斯琴高娃老师一字一字念着，轻柔的，却是深情的。她读得很慢，时不时地抬眼看看观众，然后又低下头去，微蹙着眉，眉头纠结出一种情感，我无法明白到底是何种情感，但能够清楚的是，那是一种自然流露、发自内心的真情。她的声音柔和，却有一种力量和一种真切感，直抵人

心。字里行间的情感，被表露得那么感人至深。可以看出，斯琴高娃老师的确是动了真感情，她想到自己的母亲，尤其是读到最后那一段，"妈是死了，我在地上，她在地下，阴阳两隔，母子再难相见"时，不管是现场朗读着的斯琴高娃老师，还是台下的节目主持人董卿和观众，都哭了，我面对着手机屏幕，感觉内心有一种感动，安静而沉默。

文章读完后，节目主持人董卿站在台上，侧脸对着观众，泪水止不住地流，她扶着斯琴高娃老师的肩膀说："对不起，让您难过了。"

斯琴高娃老师擦擦眼泪，扶扶眼镜："没事儿，是该难过一下了。"

一句话，"是该难过一下了"，心中的感动就聚积般地喷涌——有时候，真的是该难过一下了。

人都是有情感的，或者换句话说，生命存在时，便有了情感，无论是以何种状态存在的生命，植物、动物或是人。每一天、每一分的经历创造着你的情感，把那些情绪聚集在内心，以多种多样的方式。苦闷创造出忧愁，轻松创造出喜悦。情感一点一点堆积，终有那么一个时间点，心中的所有情感便会爆发，忧愁或喜悦，几乎都会以热泪盈眶的方式发泄出来。伴随着的，是脑中闪现过的曾经的画面和过往耳畔中的絮絮话语，包括黑夜里的无助，包括白天中的挣扎；包括无聊时的沮丧，也包括一点一点琐事中的感动。

电影《星际旅客》中有这么一个片段：因机器故障提前九十年从沉睡中醒来的吉姆与机器仿真人阿瑟在酒吧谈话，一年多的时间里，他一直这样，无聊地打发时光。他告诉阿瑟，他想唤醒沉睡的另一个旅行者奥罗拉，但他明白，这无意于谋杀。阿瑟说，你可以和我说话呀。吉姆彻底暴躁了，发疯一般捶着桌子、捶打着阿瑟的肩膀："你不是人，你只是一个机器！你有情感吗？你现在会感到疼痛吗？不能！我需要一个人与我一样有情感地交流！"

没有情感是痛苦的，尽管有时候情感会带来痛苦，但那都与生命息息相关。情感是生命中最细腻、最深刻、最贯穿始终的东西，往往，它能决定一个人生命旅途的终点。

妈曾说过一句话，"悲伤使人深刻"。真的，悲伤时仿佛体会到了世界上最复杂的东西。悲伤达到尽头，一段时期的所有辛酸苦辣都会伴随着眼泪的喷涌而喷涌，一瞬间好像释放了全部，大脑又开始变得轻松，心灵也卸下了沉重。这似乎又印证了道家"物极必反""否极泰来"的说法，情感的变化曲线围成一个圆，从终回到了始。

在应该惬意时惬意，在应该深刻时深刻，偶尔，是该难过一下的。当所有思绪和情感杂糅在一起，碰撞出来，我们似乎感受到了生命最本真的真谛。这，才是生命真正存在的状态。

老人与海

记忆中，自己好像从小就知道一个名为《老人与海》的故事。

那时候有一本标满拼音的故事书，其中一篇就叫《老人与海》，讲的是一个老人在捕鱼的时候，一次一次打捞到一个瓶子，终于在一次又打捞到这个瓶子后，他打开了瓶盖。当瓶子打开后，从里面飞出一个怪物，怪物说他要杀了这个老人，老人很奇怪，问这个怪物："我救了你，你为什么要杀我？"怪物说，很久以前，他被装进了这个瓶子。开始的一百年，他许诺，谁救了他，他便给那个人很多金钱，但没有人救他；后来的一百年，他许诺，谁救了他，他便给那个人一世富贵，依然没有人打开瓶盖救出他；后来的一百年，他许诺，谁救了他，他便给那个人想要的一切，但依然没有人救出他……很多年又过去了，心中积攒的怨气越来越重，他那时告诉自己，谁救了他，他便会杀了谁。说完后，他问老人还有什么话想说，老人说，这个瓶子是不可能装下庞大的

怪物的。为了证明自己的话是真的，怪物钻进了瓶子，这时候，老人立即将瓶盖盖上，把瓶子扔向了大海。

后来的很长时间里，我一直以为这个故事便是那个很著名的《老人与海》，但后来的后来，也忘了是多久的后来，我知道闻名于世的《老人与海》其实是一本书，它的作者名叫海明威。

一个阳光铺满窗台的午后，我从书架上取出那本薄薄的《老人与海》，一页一页翻看过去，直至时钟走过一个多小时后，我合上了书的底页。

整本书都在讲老人的一次出海捕鱼的经历，在这之前的八十四天里，他没有捕到一条鱼，不惧怕八十四天来的失败，老人毅然在第八十五天出海，支撑他的是坚强的信念。经过两个白天、两个夜晚的坚持，老人终于将自己这个钦佩的对手，一条大马林

就这样，静静地等待长大

鱼，拉出了水面。流入海的鲜血，引来了鲨鱼的攻击，老人孤身一人与一头头鲨鱼对抗，用尽了所有的武器，鲜血流淌。在没有任何希望的情况下，在孤独与煎熬中，老人竭尽全力地与鲨鱼抗争。最后，鲨鱼们不是死了就是逃窜了，但老人的战利品，那条马林鱼也没了，只剩一副骨架，与老人一起回到了海港。

故事简单而清晰，但那些搏斗的场面却足以激荡人心。桑地亚哥老人顽强的毅力和拼搏精神，为书中人物所敬仰，也为书外的我们所钦佩。八十五天，一段在生命旅程里并不算长的时间，但细细思考一下，在这一段时间里，一次一次经历着失败，却依旧能够坚持，足以称作不易。

海明威这么评价自己的作品：

A boat across the end of the world was heading towards an unknown sea, hanging on the side of the bow while it is still gorgeous pool of wind and rain erosion immense banner, flag, dance with sparkling Yunlong general words - beyond the limit !

"一艘船越过世界的尽头，驶向未知的大海，船头上悬挂着虽然饱经风雨剥蚀，却依然艳丽无比的旗帜，旗帜上，舞动着云龙一般的四个字闪闪发光——超越极限！"

书中的世界我无法真切体会，海离我那么遥远，风浪也许只存在于我的想象，但现实离我的距离却很近。文字描述的不易，我们只能想象，想象不代表体会和理解。只有在现实中自己一分一秒去经历，我们才会明白其中的深刻。那些迷茫和无助，纠结出发自内心的执著。很多人在纠结过后会怎样放手，真正坚持下来的人，才能被称为是勇者。

小时候的故事里，几万年、几亿年，读来都是那么轻易，真以为那漫长的时日，都只是弹指一挥间，所以觉得那瓶中的怪物，是那么的令人憎恶。但长大后，细细回想起来，才明白了那些无助与焦灼随时间所累积出的无奈与辛酸，多年后，就变成了一种怨与恨。

一次次艰险的磨砺，圣地亚哥心里却还是那段有着如雄狮般的力量。直至最后他躺在床上，伤口滴着血，梦中却还是狮子的影子，召唤着他心中不减的力量。也许这就是命运，但总有些人不认命。

两个"老人与海"的故事，两个不一样的结局，那个怪物挣扎过后的放弃，桑地亚哥老人始终执著的信念——唯有真理，才能不朽。

寓言故事里常常有着耐人深思的哲理，给现实披上故事的风衣，一切看起来都那么简单。当付出过后没有回报时，当迷茫无助没有依靠时，当坎坷不断而成功只属于他人时，失落、无奈、厌烦，一切情绪涌上心头，剩下的，能否还能给我们坚持的理由？这是人生的不易，也是那个怪物在瓶中的煎熬。时光总是残酷，当它与世界的一切融于一体时，却又让我们无法看清。老人"失败"了，但他的形象依旧伟岸。我们发自内心颂扬和期盼的，其实就是"明知山有虎偏向虎山行"的执著与勇敢。

故事里，怪物在煎熬中迷失，桑地亚哥在煎熬中隐忍与坚持。

回到现实，你愿意做故事里的怪物，还是愿做坚韧的桑地亚哥？

牵　手

前阵子在院子里走，看见两个老奶奶手牵着手。

我当时觉得好奇怪，转过头盯着她们的背影看了好久。两鬓斑白、步履蹒跚的年纪，在我看来，都是该洒脱自由的年龄了。走过人生几十年岁月，体会过孤独，享受过欢愉，更是放下过启程时放不下的事。经历了太多，也亦淡然了太多。谁曾想，匆匆走在路上，居然会看到两个老人，头发花白，像两个稚气的小姑娘一样手拉着手，好似刚从学校放学、走在回家的路上。只不过，她们步履很慢、很缓，谁也不说话，只靠两只手把两人联系在一起，互相传递着信任的讯号。

我扭过头，继续向前走去。回忆起刚才的画面，我一下子想起了妈的话，"老小老小，老了就小了嘛"。我只当是突然领悟了这句话的含义，然后独自琢磨着，一点点也就明白，老了的人也自然是需要陪伴的。

然后，我继续向前走。

  有一次与妈谈话，妈说，那天她从超市里走出来，看见一对老夫妻手牵着手走出超市。前面有一个电线杆，两人松手绕过电线杆，然后又牵起了手。妈说，那个场景，她想了很久。

  家是一个很传统的家，行为思想中一直默默遵循着"善欲人见，便非真善；情欲人见，便非真情"的观念。家里的人，都是做得最多，却又表露得很少；即使发现了对方的好，也都只是默默地把感动埋在心里，然后默默地用行动去报答。我们家里的人啊，都不是那种特别会表达的，我从没听他们说过"我爱你"，也从没看见过他们牵手或拥抱。中国世代相传的传统文化里，往往注重的是发自内心而不表露于外的情感，"含蓄即深沉"的思想潜移默化地沉淀在我们每一个人的骨子里。

  妈说，我和你爸从来没有在外面牵过手，从来没有，你外婆外公也是。

就这样，静静地等待长大

感

当时正是快到姥姥姥爷快婚的时候，妈说，想给他们说，"你们牵牵手吧"，但她一直都没说；妈也说，以后她和爸出去，她也要和爸牵着手；爸不会表达，也是一个极不容易亲近的人，妈说，她以后就要主动去牵爸的手。

湖南卫视《我是歌手》节目热播的时候，黄绮珊以一首高亢却饱含温情的《牵手》打动了观众，听完让人有一种说不出的感动——

所以牵了手的手，

来生还要一起走；

所以有了伴的路，

没有岁月可回头。

前些天，妈给我看一张照片——天色已晚，灯光微亮的街头，姥姥和姥爷牵起了手。她是从他们背后拍的，两个老人的背影坚定而沉着。我们看着手机屏幕，好似从这个世界看向了屏幕里的那个世界。时间的定格和光阴的缩影里，我好像看到他们就这样并肩走过漫漫人生路的身影。

依 赖

前两天的一个下午，我放学回家。

走进院子，走过一个高一点地台时，一个三四岁的小孩子正站在上面，张开怀抱，举着手臂。她的一个家人微微蹲下，孩子就趴在了她的背上。那个大人就用手扶住她的脚，孩子呢，就用手抱住亲人的脖子。

在她们正向前走时，我与她们擦肩而过。我听见了那个大人的话："你都这么大了，怎么还让大人背呢？"

我回过头看，那孩子就那么趴在她的肩上，不说话，静静地看着身边走过的风景。

为什么都这么大了，还要让大人背呢？因为依赖啊。

想起自己小时候，常喜欢让妈妈抱着，或是让爸爸背着，那一抱一背，就像是有了栖息的港湾。自己走在地面上，感觉是自由，但总比不上有呵护时那样舒坦，变懒了，但心里好开心。

低头看着地面，觉得自己好伟大；抬头看看天空，感觉连星星都近了。

小学时的一个平安夜，爸爸妈妈带我去一家酒店看演出，十一点多结束时，外面人潮拥挤。爸爸把我扛到肩上，把我的手高高地拉起；我坐在爸爸的肩上，看叔叔阿姨们的脑袋在我的腿边晃动，听地上的小朋友冲我喊："咦？你怎么坐到你爸爸肩上了呢？"
——我心里，说不出地开心。

小时候爱踩蚂蚁，年幼时的那点善良在好奇心的驱使下，顽劣地只剩下了邪恶。我喜欢看一个窟窿里成千成百的蚂蚁蜂拥而出，我喜欢看当它们被石块堵住时的左右摸不着头脑，我喜欢看它们一下子被踩住时的停顿和重见日光时的惊慌……

总之，就是好奇。

　　妈妈很生气，她常给我说："小蚂蚁要是找不着妈妈了怎么办？蚂蚁妈妈要是找不着小蚂蚁了怎么办？"

　　我就笑着挠挠头说不踩了。

　　可没过多久，我的好奇心就又来了。

　　如果那时你看见一个小姑娘在院子里义愤填膺地踩着蚂蚁，口中还发出着"哼——""咿——"这样的声音，你一定会很奇怪，但请不要笑，因为那个小姑娘就是我，一切只出于好奇。

　　后来的一次，妈妈见我屡教不改，终于在我的好奇心又一次来临时，在我气愤地踩着蚂蚁时，悄悄地躲了起来。我回过头，发现妈妈不见了，一下子慌了，满院子找妈妈，可怎么也找不到。后来，就自己站在那儿哭着喊"妈妈"，我不知道为什么，我的妈妈一下子就丢了。那种感觉，就像是我的世界没了一样。

　　我于是哭着喊："妈妈，我再也不踩蚂蚁了，你快出来吧！"

　　妈妈还是没出来。

　　"妈妈，我发誓我不再踩它们了。"

　　我还是没找着妈妈。

　　"妈妈，我知道错了，我再也不这么做了。"

　　四周依然没人。

　　过了好久好久，我特别地无助，嗓子哭哑了，眼泪也快哭干了。我还是没找着妈妈。

——我知道了，蚂蚁们把我的妈妈藏起来了，因为我踩死了它们的妈妈。

我又哭了，坐在地上喊："妈妈，妈妈……"

我突然看到那个花丛后面有个影子在动，然后有个人走出来了——那是我的妈妈！

妈妈看着我，哈哈地笑，问我："你以后还踩蚂蚁不？"

我说："不踩了。"

她说："小蚂蚁要是找不着妈妈了怎么办？"

我抱着妈妈的脖子不说话。

从那以后，我真的再也没有踩过蚂蚁了。

这么多年了，我突然又看到了似曾相识的一幕。

"你都长这么大了，怎么还要让大人背呢？"

小姑娘没说话。

我却想起，在初中学的那篇莫怀戚的《散步》，作者写道："我的母亲虽然高大，然而很瘦，自然不算重；儿子虽然很胖，毕竟幼小，自然也轻；但我和妻子都是慢慢地、稳稳地，走得很仔细，好像我背上的，同她背上的加起来，就是整个世界。"

你们抱着我、背着我，兴许，在你们眼里，就是整个世界；你们抱起我、背起我，那时候，我相信，你们就是我的世界。

飘在风中的"芦柴棒"

——记《包身工》

　　"还用说？住的是洋式的公司房子。吃的是鱼肉荤腥。一个月休息两天，咱们带着到马路上去玩耍。嘿，几十层楼的高房子，两层楼的汽车，各种各样好看好用的外国东西。老乡！人生一世，你也得去见识一下啊！——做满三年，以后赚的钱就归你啦。块把钱一天的工钱，嘿，别人给我叩了头也不替她写进去！咱们是同乡，有交情——交给我带去，有什么三差二错，我还能回家乡吗？"

一个灾荒的山区里，一位穿着与周围环境极不相符的男子正给这户房屋破旧到已在风中摇摇欲坠的住户说话，旁边站着一位十五六岁的小姑娘，朴实甚至可以说是简陋的装扮，眼神中满是对外面世界的期待与向往。这是她的家，但这个家已经穷困到再也没有能力供养她了。十五六岁，跳荡着一颗不屈于现实、憧憬宽广世界的心——她要养活爸爸妈妈、爷爷奶奶、弟弟妹妹，她要养活这个家，她也要去为自己的未来而奋斗！

家乡荒凉的景象在车窗中向后退去，逐渐驶入一个陌生而又充满新奇的世界，她不知道的是，一台机器也即将在她体内开始运转，直至所有润滑油耗完，直至所有部件都被磨损成灰，直至所有生机都在这里衰亡成一片死寂。

车停了，她走进这间工厂，这间到处都是机器的地方——生的机器和死的机器，她启动了自己体内的所有程序。

现实与想象的差距竟是如此之大！这里没有洋式公司房子的住所，没有鱼肉荤腥的伙食，没有一个月休息两天去马路上玩耍的日子；有的只是十六七个包身工横七竖八一起躺在七尺阔、十二尺深的工房楼下，有的只是有很少籼米、锅焦、碎米和乡下人用来喂猪的豆腐渣做成的粥；有的只是一天到晚没日没夜的劳作，还有充斥在整个工厂的叫骂、抽打、侮辱和流着血的惨叫。

——每天都像噩梦一般，这里不是人间的天堂，而是飘浮在人间的地狱，满是鬼魂的残暴！

　　记得有一天，她被抽了筋骨的身体再也无法承受折磨，昏昏沉沉中，她突然发觉自己已经骨瘦如柴，躺在地板上连自己都觉得硌得难受，但她已经没有力气动了，她把所有的力气用于轻微的呼吸，断断续续中为自己提供唯一的生存条件。思绪变得轻飘飘的，飘忽不定中，她感觉自己好像突然回到了家乡——那里贫穷荒芜，却有暖风的轻柔和阳光的絮语，如果能回去，她再也不愿出来。

　　"芦柴棒！"

　　耳边传来一声刺耳的声音，这是她的名字——在这没有人存在的地狱，她也有了一个不那么象征尊严的名字，一如骨瘦如柴却不知归宿的她。接着，便是一顿拳打脚踢。神经的抽离让她对疼痛竟也失去了知觉，她依旧那么躺着，只不过挪了个地方——苟延残喘着。突然，一盆冰冷混着油污的水洒下，浇遍她的全身，在冬日寒风中，带走她身上全部的温度，却又唤起她全部的神经。一个激灵，她站起来了，迎接她的是更轻蔑的侮辱和叱骂。但她，已经不在乎了。

在这个远离家乡，满是霓虹的世界里，喧嚣和温情从来都不属于她。即使同是在这地狱，游走其中也有高低贵贱之分，不但鬼神爷可以对她们鞭打叱骂，连其他的鬼魂都可以，她们是最低等最卑贱的魂魄。地狱里，没有色彩，没有温度，鬼魂不同情鬼魂，所有人都游荡在一片虚无中。

好像一下回到了两年前，她记得那个人曾在家门口对父亲说，"人生一世，也总得去见识一下啊"，她的人生将要尽头，她见识了所有的残酷与狰狞；她也记得那个人说，"若有什么三差二错，我还能回家乡吗"，"芦柴棒"知道他是回不去了，他的肉体已与精神分离，肉体游走于家乡，精神将永驻于地狱——他是地狱的鬼神爷！而自己，也要走了，鬼神爷们不会将她的尸首埋葬，明天，她体内所有的机器部件都将停止运作，然后消磨殆尽，她将化成烟灰，随风而逝，飘去自己想去的地方。

——就像，飘在风中的"芦柴棒"。

生与生

就这样，静静地等待长大

那个周五，看了一段新闻视频。主持人是白岩松，一个我非常敬佩的央视主持人。他坐在椅子上，我看到了他花白的头发。

这一期的节目的主题是"'特殊'的关注"，讲述的是几个身体略有障碍的少年。

他，叫郑荣权，因为不甘做按摩师，于是凭着强大的记忆，记住了老师上课所讲的内容，记住了校园里每一层楼的台阶，记住了大街上每一个转弯点和每一条人行道。

他，叫王宠，只有0.05的视力，几近于盲人，但他渴望大学生活、渴望和同学们住在一起。我看到他为了学习，脸贴近屏幕微眯着眼，硕大的字依然不能清晰地映入他的眼。他的名字里有"宠"，或许代表着父母内心对他深深的疼爱，但在社会中，他不希望获得更大的"宠爱"。在演讲中，他不希望把自己说成大家眼里励志的对象，他更愿意讲自己如何玩微博，希望自己被当作普通人看待。

还有两个孩子，一个叫小龙，一个叫刘一。我看见他们略显笨拙的动作和稍显稚气的眼神，他们用画，画着对世界的认知和内心的情感。小龙的母亲说，小龙在画画时是最专心的，他通过画与世界交流，通过画来平复自己的心情。刘一的母亲说，他有一张画，画着一个孩子和一个母亲的背景，也许那便是他与母亲的故事。

小学时班里有一个女孩，患有脑瘫，她常常会做一些我们不能理解的事。很多时候，我们都不太愿意去主动理她。她爱画画，桌上时刻有几盒彩笔，她每天就趴在桌上画啊画的，在本子上画，在卷子上画。她喜欢把一根根彩笔头对尾地摞起来，一节一节摞得好高，然后一下子松手，看着它们掉落到桌上，"噼哩啪啦"响成一片。她最喜欢美术课，在美术课上画得更是勤奋，画完了就跑到前面去让老师看，老师出于照顾给她打个"优+"，她好开心，到处给同学看："你看，这是我画的。"

我至今都不明白她画的是什么，我们画草地、画白云、画鸭子，她只拿着彩笔在纸上乱涂，杂乱无章，毫无规律——或许只有她自己明白吧。

白岩松坐在椅子上说："平等才是最好的尊重和待遇，他们的价值感，体现在'我被社会需要着'。人类文明的重要表现，其中之一就是要考虑到他们的心理需求。他们的存在，是社会的进步，也是社会的不足。三十年前，他们被称为'残废'；如今，他们被称为'残疾人士'；未来，他们会被称为'残障人士'，因为他们只是行为上有些障碍的人，那时，对于他们而言，考上大学也会是一件超级正常的事。"

柴静曾说："心灵与心灵的相遇才是文艺。"我想，他们在那里一起画画，画他们所看到的、所感受到的，本就是一种文艺；我们去欣赏他们的创作，去解读他们的内心，更是社会文化的一部分。"我渴望待在最寂静的角落里最热烈的声音包围。"我们给予他们最寂静的角落，我们也应给予他们最热烈的掌声。

我知道那个在镜头前头发浅白的主持人的故事，我知道那个曾是我同学的女孩的故事，我也知道这些通过自己努力博得我们敬佩的少年的故事，其实无非就是像柴静说的那样——"生与死，苦难与苍老，都蕴含在每一个人的体内，总有一天我们会与之遭逢。我们终将浑然难分，像水溶于水中，生生不息。"

晨　昏

一晨一昏，讲述了两个人的故事，他们的故事亦如一晨一昏，一个是悲剧的沧桑，一个是喜剧的天堂。

入高中的第二天上午，学校开办关于心理学的讲座。教室屏幕上出现了一个人——好莱坞喜剧明星罗宾·威廉姆斯，在他的照片旁，写着一句寓意性的标题——"他逗笑了全世界，除了他自己。"

罗宾·威廉姆斯，这个人我是知道的，不是因为他获得了多次奥斯卡奖和艾美奖，而是因为他的自杀。2014年8月14日《华商报》A17版报道了他自杀的消息，这篇报道的标题叫作《喜剧演员笑容背后的悲剧人生》。报纸配发的照片上，罗宾戴着小丑标志的红鼻球，鼻梁上架一副黑框眼镜，有些顽皮地对着镜头笑。他是在8月12日自杀的，喜剧演员自杀，难免会成为众人议论的话题。

根据美国心理分析学家费舍尔的研究，搞笑演员往往都会有一个悲惨

的童年，他们在给观众带来欢笑的同时，自身饱受抑郁症困扰似乎已经成为一个魔咒，所以他们通常被描绘为"悲伤的小丑"，"把悲伤留给自己"是他们真实的生活写照。他们学会伪装，独自沉浸在悲伤中；他们也会用自己的身体缺陷取悦旁人，不愿对任何人敞开心扉。

突然想起浙江卫视《王牌对王牌》的某一期节目中，蔡明在提及自己去世的老父亲时哭了，潘长江接过话筒，用一种很认真的语气说了一句话："我们在台上无论如何都要笑着面对观众，即使有再大的悲伤，因为我们是一名喜剧演员。"

在一沓书中，我翻出了当时被我保留下的关于罗宾·威廉姆斯自杀的那份报纸，标题的上方写着："如果有选择，谁会愿意成为一名一流的小丑？"

——或许，真的没有人吧。

下午的故事，来源于故事主人公的口中，他是故事的主角，也是故事的讲述者。他，叫姚伟。

姚伟6岁遭电击失去了双臂、失去了记忆，人生的路对他来说成了漫漫黑夜，找不见光的方向。但他，想上学。

他学着用脚写字，学着在雨天泥地里一次次滑倒再艰难地爬起；学着用脚画几何图，学着在冬天里穿着棉袄睡觉，以避免穿脱衣物时的麻烦。总之，这么多年，他很辛苦。

后来他通过自己的努力，总算是为生命搏出了色彩，以残疾人的身份，帮助残疾人。他说，他希望能让所有的残疾人都得到帮助。

人生的无奈也许就在于，在一次次磨砺之后，你会失去自己的初心，从志存高远到甘于平凡，甚至会阴差阳错地失了自己命运的掌控权，到最后也只能哀叹一句"人间正道是沧桑"。但也有那么一些人，会用自己的力量与命运抗衡，最后回过头对命运莞尔一笑，说："嘿，原来你也不过如此！"正如那句话所说，"生活给你一个理由让你哭，我们用一万个理由笑给它看。"

一年有365天，一生有80年，乘在一起，不过三万个晨昏。四季变换，晨昏交替；阴阳变换，也总会有个定数。但重点在于，你是选择最昏的暗，还是最晨的光。

罗宾·威廉姆斯和姚伟，两个人，两段人生，两个故事。他们的故事，一个在昏，一个在晨……

静下来的时光

九月第二天的早上，地面是湿的。前几天一直下雨，不连续，天空就那样忧郁着，看不见太阳，有时也看不到雨滴。

今早，时而见到太阳。

很少觉得这种阴阴的天带有一种柔和静谧之感。

今年的开学时间，就是9月1日，是周六，紧接着是周天，所以学校和学校间的安排，都是不一样的。我们今天休假，然后便要接着奋战几天。趁着还没到特别忙碌的时候，我又回到了姥姥家。

临近中午的时间，妈妈在休息，姥姥在用扑克牌一遍一遍地玩着一种无名的游戏——按照三角形摆纸牌，纸牌背面朝上，不能看见正面的图案。第一行摆一张，第二行摆两张，第三行摆三张，第四行摆四张，第五行摆五张，第六行纸牌正面朝上，就是要把花色和数字都显现出来。六行是紧密排列的，每一张牌压住上面一个或两个牌的一角，除了

就这样，静静地等待长大

边缘一圈的牌，其它牌几乎都是整张被盖住的。最后呈现出来的样子，便成了一个三角形。玩纸牌的人手上攥着剩下的纸牌，一次性拿出一张与显现出来的牌凑数，加起来若为13，便可以将两张一起放到一边儿，若是K，则直接放到一边儿。这样，摆好的三角形纸牌便会一张张由黑翻为白，然后一张张被拿起放到一边儿。如果拿起的牌没有办法与显现出来的牌凑为13，就先压在旁边，压住的牌只能排成一个竖列，并且只有两端的牌可以直接抽出与三角形里的牌凑数。到最后，如果所有的牌都被翻开了，就是都显现出来凑成了对，没有多余的牌了，则游戏成功。

我听得见姥姥翻起纸牌的声音。

窗外传来隔壁学校升国旗前会放的一段音乐，我不确定是不是要升国旗，因为这段音乐还会在运动会时响起。但也不应该啊，开学的第二天，大家都还没从假期的轻松与愉悦中调整好状态，学校不会在这个时候举办运动会啊？！唉，不管那么多了。

　　不热闹的早晨，看什么都觉得静谧。窗台的花一动不动，枝叶前一秒那么垂搭着，下一秒也仍是那么垂搭着。

　　听不见风的声音。

　　此刻，我听得见桌前钟表指针走过的"嘀嗒"声，以及姥姥在厨房炒菜时铲子和铁锅碰撞的声音。

　　在写完上一句的时候，姥姥在厨房喊："吃饭了。"

　　现在，这一秒，我要去吃饭了。

当你沉默地离去

说过的或没有说过的话　都已忘记

我将我的哭泣　也夹在书页里

好像我们年少时的那几朵茉莉

也许　会在多年后的

一个黄昏里

从偶尔翻开的扉页中落下

没有芳香　再无声息

窗外　那时也许正落着细细的

细细的雨

——席慕容《禅意》

思

想

就这样，静静地等待长大

何为"想"？一"木"、一"目"和一"心"构成了"想"，所有的思索构成了想。

"想"为何？一种是思想上的想，一种是心愿上的想。

你在想什么呢？你会想些什么东西呢？

你是否在想今早醒来的匆匆忙忙？你是否在想那些不愉悦与烦心事？你是否在想新闻上的某些信息？你是否在想如何为了自己的心愿更执著一些？……

我知道，你会想，我们都会想——我们都会为了让自己生活得更愉快而思考。

学习时，同学们会想怎样去解决一道题；工作时，大人们会想怎样去解决一件事；沏茶时，茶艺师会想怎样去操作好下一道工序；做饭时，厨师会想多少秒时倒油更好，下一道菜加多少盐更好……

一位母亲在孩子哭闹后会想如何去安慰他，一位孩子在犯错后会想如何让自己变得更好，一位老师在叱责学生后会想他是否还在生气……

我们都在想，我们都会想，因为我们是这个自然、这个社会中的一分子。

思

因为想，春秋时期的战乱才得以平复；因为想，西方才会出现闪烁人性光辉的文艺复兴。因为想，万丈高楼才会平地起；因为想，宇宙飞船才会升上太空。因为想，封建思想才得以动摇；因为想，莱克星顿的枪声才成为了美国独立战争开始的标志。

因为想，第一只爬行的猿才开始直立行走；因为想，第一只水栖生物才勇敢地上岸。因为想，原始人群才开始用火烤食物；因为想，外出打猎归来的人才在一根绳子上打了一个结。

说到底，因为想，世界才得以进步，时代才得以更替，文化才得以兴盛。

嘿，你在想什么呢？

你是不是在想，今晚夜空会有几颗星星，抑或是明早的树叶会有几片在风起后簌簌作响？

失　败

思

看《我是歌手》这一期节目，陈明走了。

导演念排名的时候，歌手们在舞台前坐一排，后面坐着他们的经纪人。镜头在他们面前，特别清晰地拍出他们的表情。在每一次公布一个名次之前，镜头几乎都会把歌手们或是经纪人们的表情记录一下，有时是两个镜头，有时是三个镜头，有时甚至是七个镜头。我们明白，这样是为了节目录制的精彩和吸引观众的注意力。在最初观看的时候，我甚至觉得歌手们的那些表情都带有表演和做秀的成分。

然而这一次，陈明走了。在知道名次后，我看到了镜头前陈明那张不怎么明媚的脸，也依稀看出了她强忍着、在眼眶里打转的泪水。后来坐在那里谈感受的时候，她的助理们哭了，陈明也跟着哭了——她的眼泪终于还是落下了。我第一次觉得那些歌手的情绪那么真切，感觉就好像自己是他们中的一个，面对着名次与离别，心里有种说不出的难受。

为什么我的理解和感受有这么大的变化？也许是因为自己在成长中所经历过的，也许是因为自己现在体会和明白了些什么。

我是一个向往成功的孩子，并且随着年龄的增长，我越发重视每一次的输赢与结果，很害怕这一次小小的退后或失败，都会成为自己人生下滑路的开始。对于我来说，结果未能如我愿，我就会认为那是失败。越想，也就越在意；越在意，情绪就越容易被影响。现在想想，如果我还是站在个人角度考虑，我依然会因为那些已经过去了的结果而喜悦或是沮丧；但如果，我跳出这个范围去观望，就会发现，其实本不必在意什么——就比如，我们面对着屏幕，看《我是歌手》里的那些歌手的情绪变化，我们会觉得，他们本不必这样，那些得票与名次也根本就不重要，重要的是我们看他们表演的那个过程；而那些名次的落后与靠前，从来都无伤大雅，节目过后，你仍然是个歌手，喜爱听你唱歌的观众，也仍然会听你唱歌，不久之后，他们便会忘了你的名次，忘了你被淘汰，唯一能够记下的，仍然只是你的歌声。

记得后来的一期节目，歌手辛晓琪曾面对镜头说，在来之前，自己一直觉得名次根本不重要，重要的是你表演给大家看的这个过程，然而当自己真的坐在那里、去等待那个名次公布的时候，会发现自己仍是在意那个名次的，发现自己会紧张、会期待。或许，这也是我们每个人的心理，说到底，没有人希望自己落后或失败，没有人，会真的毫不在意结果。置身于外觉得何必在意，身处其境却又不能明理。

陈明在刚来的时候，有一次排名比较靠后。面对镜头时，她说不知道女儿看了这期节目后会怎么想，她特别好强，也肯定不希望看到妈妈得了这个名次。

陈明走的时候，有人问她，会让女儿看这期节目吗？她说会的会的，要让她学会面对人生的挫折与失败。

我在初中以前的时候，几乎不觉得人生中能有多少挫折。在我眼里，海伦·凯勒的失明是挫折，老一辈人们讲述的战争是挫折……除此以外，我不觉得还有什么其它挫折。在那时，老师让我们写作文，写困难与挫折。我们便夸大其词、无病呻吟地写着考试退步和一些本不在意的琐事。后来长大了，我们却愈发觉得挫折与困难多了，别人不经意间的一句话会把自己打击到；遇上些不如意的事，我们会黯然失色；曾经那些对自己而言产生不了任何影响的事，也渐渐开始影响着我们了。到底是越长大，我们越发脆弱了，还是那些"琐事"真的都被包含在困难之中？我不明白，但我宁愿相信是前者。

想起小学有一次竞选班干部，在草稿纸上写了两篇稿子，第二篇的开头是，"如果大家觉得前面我说的那个班干部不适合我，那么，我想试一试……"原本以为大家都写了两篇稿，选不上前一个就再试一个，但事实是，只有我一个人这么写了。我第二次从座位上起身走上前的时候，我听见了周围人的惊讶声，也看见了他们略微带着疑惑的目光。至今都还记得我当时是有些害怕和紧张的，因为当你与大家一起做一件事时，大家那么去做，而你做的方式与他们不同，与大家的主流方向不同，心中难免会有一些恐慌和害怕。老师在旁边站着，我听到她说：

"不错，就要有这种愈挫愈勇的精神。"

我们向来都是赞颂敢于挑战自己、坚持自己的精神品质，但我们都常常不敢让自己去做那类人，并且，当我们身边有这类人的存在时，我们给予他们的，也只有不理解和安慰性的支持。所以后来，当我们去思考成功者为何成功时，会发现他们身上有那么一两个不同于旁人的闪光点，然而就这一两点，却足以让我们敬仰和赞叹。

前一阵子看了一个TED演讲的视频，名字叫《成功的要诀是什么？是意志力！》。演讲者是一名老师，她和她的团队长期关注了一批学生，经过多年的了解，他们发现，最终能获得成功的人，都具有非常坚定的意志力，后来他们也发现，意志力是取得成功的最重要的一点。意志力从何而来？那就是经历失败。真正能获得成功的人，都是经历了一次又一次的失败。正因为他们不相信自己会失败，于是在一次又一次的尝试和突破后，他们获得了那些在最初就收获了成功的人的几倍的成功。

我记得小学课本里、练习题里，关于坚持、爱与勇敢的文章不算少，名言警句更是每个单元都有，比如列宁的"聪明在于学习，天才在于积累"，比如颜真卿的"黑发不知勤学早，白首方悔读书迟"，比如《汉书》中的"精诚所至，金石为开"，还比如我们从幼儿园起就耳熟能详的"失败是成功之母"……

那些世间的永恒定理，早在我们还无知时，世界便告诉了我们，但在逐渐长大的过程中，当我们逐渐变得"有知"时，我们却忘记了，忘记了我们原本最应该记下的。

课本里曾有一篇与爱因斯坦有关的故事，如果没记错的话，课文名应该叫《三个板凳》。原文内容大概是，在爱因斯坦很小的时候，老师让他们班的同学每人做一件东西。第二天交作业的时候，大家桌上都摆着特别漂亮的洋娃娃或是玩具汽车，反正就是比较复杂的东西。爱因斯坦低着头，桌面上是空的。老师走过去，问他原因，他仍低着头，犹豫并且支吾其词。后来他终于把抽兜里的一个小板凳拿了出来，大家看着他丑陋的小板凳都笑了，但他又红着脸从抽兜里拿出了另外两个小板凳，比摆在桌上的还要丑。他对老师说，他做了三个小板凳，这一个虽然同样也很丑，但是已经进步很多了。老师笑了，是那种和蔼的笑，同学们也给他送上了热烈的掌声。

在学习课文的时候，老师边讲边让我们思考。一个同学说，爱因斯坦能够获得掌声，是因为他是真的自己尝试着去做了一件东西，而其他同学的作品虽说特别漂亮，但极有可能是买的或是父母做的。如今，当我再次想起这个故事时，才明白，很多时候，真的能特别认真去做一件不起眼的事的人，是少数；能够为了做好一件事，而一次又一次地去尝试的人，则少之又少。所以，最终我们记下的，是爱因斯坦，不是其他同学。

"失败是成功之母。"人生的箴言早在最初就告诉了我们，越长大，那些值得被记下的，却越被我们遗忘。当初觉得那些话似乎毫无用处，但自己走在人生的这条路上，走得远了，才看到记忆深处，它们闪闪发光着的身影。

高中后，几次被失败打击得泪流满面，觉得自己的付出没有得到什么结果。一次晚饭后，我又想起了之前的失败，难过而无精打采，妈妈给我说了三个人的名字，是两名歌手和一位我没听说过的人。她问我，甲、乙、丙三个人，你印象最深的是谁？就是你觉得最耳熟能详的？我说是丙。妈妈说，那第二呢？我说是乙。她又问我，你知道第一个名字吗？我说，没听过。妈妈接着对我说，她们三个人是自己那个年代的"青歌赛"的冠军、亚军和季军，那个不知名的是当年的冠军，我说的排第二的那个人是亚军，而那个如今最耳熟能详的，是当年的季军。妈妈停了停，又说，一次的成功与失败只是一个点，并且那成功，不是真正的最后的成功；真正的成功者，都是会在一开始经历很多挫折与困难的。我们要走的是人生这条长长的路，又何必只在乎这一个点？

是的，我突然明白，真正的成功，是要靠人生来衡量的，而那些点，会一点一点铺就这条路。我们要走的，是人生这条长长的路，又何必只在意这一个点呢？

没有多少人的人生是平坦而顺利的，我们应该学会放下。就像陈明所说，会让女儿看这期节目，因为要让她学会面对人生中的挫折和失败；也像儿时那句至理名言所云，"失败是成功之母"，我们都应该记下。

世界的一点一滴

　　我常常在想，到底是什么组成了世界，又到底是什么使这里的生灵得以生生不息？

　　就这么看着、想着，成长着、经历着，我似乎有了答案。

　　前些天看一段新闻报道的视频，喀什小伙麦吾兰为了让新疆的民族服装文化得以传承，他独自一人努力坚持着，与妈妈一起手工缝制24套传统服饰和5套现代时装。他的故事被报道后，一个纪录片的导演找到他，将那些服装作为了宣传片的故事服装。

　　记者采访他，我看见他在话筒前讲着讲着就哭了。他说，妈妈得了病，但是为了支持他，妈妈对他说："我是裁缝，我可以帮你缝衣服。"母子二人就那么坚持着做了下来。为什么？因为他们心中对于文化的一个信念。

　　马戏团团长黄迎志与广州动物园合作二十多年，但近日，刚被验收合格的马戏团被园方终止合同。镜头前，我看到了团长无助与迷茫的神情。

二十多年，付出与坚持的不易我们不难猜测。如今，在这个多媒体与网络占主导的时代，我们都一边戏谑着时代的浮躁，一边又不去努力挖掘真正代表文化的东西。心安理得的戏谑是时代的伤痛与折磨，但更可怕的，是底蕴与价值被时代中的浮躁所埋没。

　　今年的九月十四日，亚运会吉祥物盼盼的原型大熊猫巴斯离世。饲养员在它生命的最后阶段，为它抚慰送行；它离开后，世界各地的人们为它哀悼祈福，感念它曾带来的欢乐与美好。

　　为什么一个大熊猫的离世会带来如此轰动？因为它对世界的意义，因为它是世界大事件亚运会的原型。人们注重它，人们为它哀悼，这背后象征的，是人们对于文化的尊重与认可。我从不质疑生命的可贵与平等，我希望所有的生命都能得到关爱与尊重；但我更认可文化的价值及其对世界的推动——时代造就世纪，而我们，则是时代的缔造者。

就这样，静静地等待长大

思

在一个关于读书的QQ群上看消息，谈到文化与潮流，一个人说中，"文化是一种积淀和传承，并且在破和立中艰难行走"；另一个人谈"潮流"，说其实诗词也可以算是一种潮流，唐诗、宋词、元曲和明清小说，每一代人都有自己抒发情感的方式，等时间过了，这种潮流也便融入到了文化里去。在网上搜百度词条，一种定义是指，在月、日引潮力作用下，海洋水体发生周期性的伴随有潮位垂直涨落的水平运动，所以衍生出来，潮流也便是指一种周期性的东西。

昔，周总理有言，"为中华崛起而读书"，时为战乱频发之年代；今，我愿为文化昌盛而读书，时为浮躁喧嚣、新旧更替之年代。

到底是什么组成了世界，又到底是什么使大地上的生灵得以生生不息？

我想明白了，是一种文化的力量，是世界上那么多人在心底所坚持的信念，也是渺小至微不足道、却无时无刻不在缔造时代的一点一滴。

讨

"现在在座的同学有多少人给过街头乞讨的人钱，超过两次的？"周六的英语课上，老师问大家。

原因是这样的：前一天作业的一篇阅读题，讲述的是一位乞丐的故事。他原本是一家报社的写手，因为想要体验一下城市乞丐的生活，所以把自己化妆成衣衫褴褛的样子，来到街边乞讨。一天结束后，他突然惊喜地发现自己收获超过一美元的钱币。在报社工作，每天经过辛苦劳作，却只能收到两美元的工资，但在乞讨时，每天最少都能收到两美元。于是他辞去了报社的工作，把乞讨作为自己唯一的谋生手段。几年后，他拥有了一笔财产和一座大房子，也有了妻子和自己的家庭，只是他的妻子并不知道，那些钱是从哪儿来的。

就这样，静静地等待长大

英语阅读文篇幅都不会太长，选材都来源于生活，但叙述的口吻通常都是轻快的，有时略带一些滑稽性。这个故事也许就是生活的一个折射。

当时，班里似乎未见到没有举手的同学。

"这么多！大家都把手放下吧。"

老师说完后，给我们讲了一个故事，是曾在网上发布的一个故事。有一个失去双腿的乞丐每天在一个地方乞讨，他趴在一个带着轮子的小车上，用手撑地移动。后来在天气寒冷的一天，人们都劝他回家，给他搁的食物他都没有理睬。两小时后，他听烦了，一翻身从车上爬起来，人们惊讶地看到他完整的两条腿。在他走后，这个事情的发布者一直跟随着他，看见他进入了一个公寓楼，再次见他出来时，褴褛的衣衫不见了，取而代之的，是一个衣冠整洁、精神抖擞的形象。接着，这个事情就被上传到了网上。老师说，现在乞讨的人里，十个有九个都是假的。

当爱心的土壤愈渐肥沃时，索取的大树便会开花。当这些树上的花越来越娇艳时，也许某一天这片肥沃的土壤就贫瘠了。用爱心蒙蔽欺骗的同情，当真相显现时，它总会一下子变得卑微而渺小。

欺骗，似乎成了现在乞讨方式的一种导向。

在这个世界上，有一种乞讨，比欺骗更可怕，除过怜悯和同情的情感外，暴露出令人发指的人性黑暗。

2014年3月13日，香港凤凰卫视《社会能见度》栏目报道了"东莞丐帮"的调查，曝光了一些犯罪团伙用各种非常手段使人致残，逼人乞讨

思

的恶行，被称为"采生折割"。"采生折割"字面意思为"取生人耳目脏腑之类，而斩割其肢体也"，是乞丐中最歹毒凶恶的一种。个别人为了达到骗人钱财的目的，人为地制造一些残废或"怪物"，以此为幌子博取人们的同情，借此获得路人施舍的大量钱财。"采"就是采取搜集；"生"就是生坯、原料。

《清稗类钞》上记载：

乾隆辛巳（1761）苏州虎丘市上有丐，挈狗熊以惧。狗熊大如川马，箭毛林立，能作字吟诗，而不能言。往观者施一钱，许观之。以素纸求书，则大书唐诗一首，酬以百钱。一日，丐外出狗熊独居。人又往，与纸求写，熊写云："我长沙乡训蒙人，姓金，名汝利，少时被此丐与其伙捉我去，先以哑药灌我，遂不能言，先畜一狗熊在家，将我剥衣捆住，浑身用针刺之，势血淋漓，趁血热时，即杀狗熊，剥其皮，包于我身，人血狗熊血相胶粘，永不脱，用铁链锁以骗人，今赚钱数万贯矣。"书毕，指其口，泪如雨下。众人大骇，掳丐送有司，照采生折割律，杖杀之。押"狗熊"至长沙，还其家。

这是乞讨，也是人性的黑暗。

事情总没有那么绝对的。有一句"鸡汤"说得好，有多残酷，有多温柔。

忘了是小学二年级还是三年级，抑或是四年级时，一次语文考试的阅读文，作者讲述了自己朋友的故事。他在某一天去朋友的办公室找他，但他却不在，走到楼下天桥上时，他突然发现了他的朋友正衣衫褴褛地坐在那里乞讨。他诧异地走过去，他的朋友看见他后示意他不要说话，并且在远离他的地方稍等一下。乞讨结束后，他的朋友重新将自己打扮成原本应有的样子，也告诉了他原因——小时候家里贫穷，母亲曾带着他们兄弟姐妹三人到街上乞讨，每次乞讨时，母亲都让他们几个孩子到远一些的地方去玩，不要过来。后来母亲去世了，他们三人长大了，明白了生活的艰辛与不易。工作后，每年到母亲的祭日，他总会把自己的衣衫褴褛地打扮一下，到街上去乞讨，不为挣钱，只为用母亲爱他们的方式去怀念一下母亲。

同样，这也是一个乞讨的故事。

自那次看了这篇文章，每当看到乞讨者或听到有关乞讨者的故事时，我总会在想，在我们所知的故事背后，是否另有故事。

记得小时候，每次回姥姥家经过家门口的第一个十字路口，有一段

时间常常看到一个母亲带着十几岁大的女儿和几岁大的儿子。他们三人在亮红灯时，走到每一辆车的车窗前，敲敲玻璃，冲车里的人笑笑。那个时候不像现在，人们总会将车窗摇下来，递给他们一两元钱；收到钱后，他们也总是点点头，开心地向车里人笑笑。有一次，我坐在车里看见前面的那辆车上的人给那个姐姐递出去了一袋牛奶，接过牛奶后，她笑了，露出与黑色皮肤形成鲜明对比的洁白牙齿。十字路口的红灯亮的时间很长，那个时候用来打发等待时的无聊心情的办法就是看着他们三人从前面第一辆车开始，一次次做着同样的动作走到自己跟前，然后又回头看着他们向后走去——我至今都还记得那个姐姐长得很好看，每次来都会戴一顶帽子。后来有一阵时间，他们不来了，等红灯时，我常常看着车与车之间的过道，想象他们又一次出现。再后来，他们又回来了，只不过常常是两个人，有时是姐姐和弟弟，有时是妈妈和姐姐，最后的后来，他们三人就一个人也没有再来过了。

《人在囧途》是一部喜剧片，但中间有那么一段令人潸然的片段——

牛蛋想向街头为给女儿治病磕头乞讨的女人捐钱，并劝身为老板的李成功为她捐钱。了解太多浮尘的李成功坚信她是个骗子，当分别后再一次遇到时，李成功问牛蛋，"你捐了多少？她把钱还给你了吗？"牛蛋说，"没有，她是个骗子，说明没有人生病，没有人生病才好呢！"牛蛋相信了李成功的话，他也突然明白了"骗子"的手段。在还未停下来的轮船上，牛蛋指着窗外的身影说："老板，你看，那是不是就是上次那个骗子？！"一路疯狂追逐，直至追到那个女骗子的家，映入眼中的，是一间狭小的屋子，几个孩子在画画，那个女"骗子"，在给一个眼睛上裹着纱布的女孩喂药——

"老师，药好苦啊。"

"老师知道，吃个糖就不苦了。"

在这个墙壁上满是孩子们的画的房间里，"骗子"给他们说出了所有的真相：她和她的男朋友是曙光小学的老师，她的男朋友是教美术的。他们教孩子们画画，答应孩子们在春天时带他们去看油菜花。所以，他们一起去给孩子们买画板、颜料，然而在回来的路上出车祸了，她的男朋友死了，她的脸也毁了。她和她的男朋友约定，等那个小姑娘的眼睛治好了，他们就结婚。但是现在，只剩下她一人在坚持，并且，她必须要撑下去。那天，她一分钱都没有了，孩子就躺在手术台上，医院的等待也到了极限，她真的走投无路了。

"没错，我就是一个骗子，我没有办法给你们还钱。我这辈子做的最大的一件错事，就是我骗了你们，但那张身份证，是真的。"

牛蛋和李成功哭了。李成功把身上几乎全部的钱都留在了那个女"骗子"的家里，作为回报，孩子们送给了两个叔叔一张画。画中是孩子们眼中的他们——那种最纯真、最简单，却最动人的样子。那张画，陪伴着牛蛋和李成功，一直到旅途的终点。

她是一个乞求者，也可以说她是一个乞讨的"骗子"，但她的欺骗是因为她所执著的善念，是一种让人落泪的欺骗，是一种知道真相后会被原谅的欺骗。

我国著名漫画家张乐平先生创作的《三毛流浪记》，讲述了孤儿三毛的辛酸遭遇：三毛是旧上海的一名流浪儿童，他没有家，没有亲人，无家可归，衣食无着；吃贴广告的浆糊，睡在垃圾里，冬天就以破麻袋披在身上御寒。为了生存，他卖过报，拾过烟头，帮别人推黄包车，但总是受人欺侮，他挣到的钱连吃顿饭都不够。只有与他命运相同的流浪儿关心他，给他温暖。《三毛流浪记》揭示了当时的黑暗、人心冷暖自知的社会背景，引人深思。同时，它呼吁人们奉献出爱与关怀，让它们汇聚起来，成为温暖的阳光，去照耀那些贫苦人民的生活。

　　三毛是一个流浪儿，乞讨着生活，在社会里他需要被关怀、被爱护。

　　在讲完那篇阅读题，说完了那个网上流传的骗子乞讨者的故事后，老师说起了我们学校一年前因车祸而逝世的一位学长——他是一名学习成绩优异的高三学生，在一个去往学校的早上，一辆汽车撞倒了他，然后逃离了事故现场，而后面又来了一辆出租车，再次撞了他。后来警方只抓住了那个出租车司机，却没有找到第一辆汽车和撞他的司机。手术费用很高，本地医院也无法保证能救醒他，他的父母辗转把他带去了北京的一家有名医院。学校组织捐款那天，老师们把身上带的钱都捐了，有的同学也把自己攒下的伙食费全部捐出。然而最终，已经成为了植物人的他，心跳还是停止了。

　　那节课的最后，老师的眼泪在眼眶里打转，她说：“所以，以后见到乞讨的人不要随意给他们钱。要把钱用到更有用的地方，世上还有那么多人需要钱，那些钱可能就是他们的生命。”

古往今来，人们追求财富的愿望，从来就没有错，因为那是基础的物质保障。人类的文明，始终遵循着从物质文明到精神文明的轨迹，乞讨这种职业的存在，最根本的原因，是因为经济的不富裕；乞讨的主流，大多还是被生活所迫。世界的丰富性有时可理解为社会的复杂性和人性的复杂性，在世界的任何角落，也许都是鱼目混杂的。乞讨者里，有在火车站匍匐倒地抓住别人衣服的孩子，也有网上流传的为给父亲看病而去乞讨的孩子。他们乞讨，无非就是因为生活没有着落，连糊口都成了问题。其实生于世上的每个人，都在想尽种种办法去生存，去活得更好。如果有一个更好、更体面的选择，我想，没有多少人愿意去丢掉尊严地乞讨，除非他真是想不劳而获的十足的懒汉。为了生存连尊严都不要了，也许这就是那个很有哲理的话题——"面包和尊严哪个重要？"

人们现在憎恶乞讨者，是因为讨厌欺骗；善意，从来都是人们追寻着的真谛。每个人都有自己的故事，如果欺骗的背后是善良，那我们就应该去包容、去谅解。乞讨者中的大多数人，都是值得被同情的弱势群体，无关歹恶。恶人作恶不能让我们丢失对乞讨者的同情，更何况，恶人的背后，也许有善意的支撑。

然而对美好生活的追寻越来越转化为对财富的追寻，那便真成一种"讨"了。当我们一味只去追寻物质的满足和利益的保障，甚至为此不惜让精神得以腐蚀，丢失了人性最初的那种善良，让忙碌与焦躁成为一种常态，那便更是一种无奈了。人的欲望是无止境的，欲望来自对生活和生命的追求和渴望。对于乞讨，只要来自心底的善念，都不应该被我们所指责；对于生活，我们要尽可能去坚守，不因物质的存在而奴役了自我，不让对精神的乞讨都无从得到成为最终的结果。

读书足以怡情，
足以傅彩，足以成才

从古至今，读书，一直是一个为人称赞的明智之举。回望历史的长河，有古人"头悬梁、锥刺骨"的典范，也有前辈"凿壁偷光、萤囊映雪"的楷模。我们一直欣赏、崇拜着他们刻苦钻研、潜心阅读的精神，是否可曾用此般的态度去思考一下读书带给我们了什么？

在高科技发达的今天，似乎很少有人能依山傍水地抚一弦琴、斟一口酒、吟一阙词、品读一卷书墨了。人们在繁忙的快节奏生活中，在日复一日的低头中，似乎已经习惯了一种浮光掠影的生活方式。有谁曾憧憬过在阳光和煦的下午茶时分，独自携一本书，漫步在树叶簌簌的林间

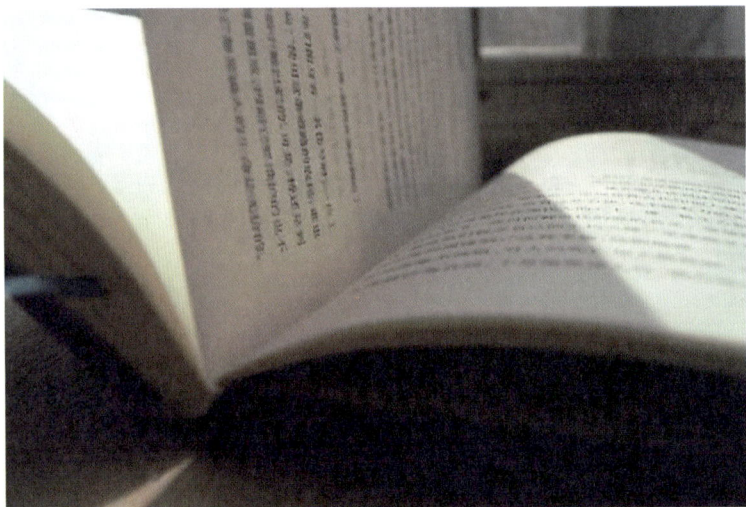

思

小路，手抚着单车车把，轻轻地踏过小路——那里或许会有落叶，然后轻轻地走进咖啡厅，在一米阳光直射的玻璃窗前，掀起一页书页，浅笑着去品读其中的字里行间？是的，请你闭上眼睛，仔细想一想，你是否体会出一丝恬静与温暖，一抹澄澈与静谧，并且意外地收获到寻觅已久的欢欣，这种欢欣，可能是如今的我们，如今连停下脚步看云彩的时间都没有的我们一直缺失却一直在寻找的幸福感。

在朋友团团围坐一唱一和地聊着偶像的近日动态、明星的同款周边时，你是否曾幻想一直未开口的一个人，悄悄地走到你身边，和你谈论起李清照的孤独与桀骜、蔡文姬的才华与智慧、萧红的不与世俗同伍、张爱玲对爱的执著与渴望，抑或是林徽因与梁思成的甜蜜爱恋以及费雯丽的红颜惹人怜？然后在你们喜出望外地与彼此知音般越聊越投机时，突然注意到耳边已经没有了明星偶像的名字、奢华的服装品牌，只有其他人屏息凝听的专注与渴求。是的，读书可以傅彩，让你头顶环绕着智慧的光环，端坐在人群之中。

在一行一行的阅读中，在一字一句的欣赏中，你会渐渐感觉到思维的丰富与灵魂的洗涤，然后发自内心地感受到美与爱交织成的才华乐章，静静聆听看、聆听着。对，就是这样，慢慢地感觉到心灵的充盈化作无数条支脉顺着血液流入你的全身上下，直至你猛然间感觉到眼角有一滴闪着晶莹的智慧之光的泪水从眼角静静、静静地，滑下……

游　戏

思

　　车上，他们在打游戏，游戏名为《王者荣耀》。

　　耳熟能详的名字，经常见到的手机画面。如今，《王者荣耀》这款游戏越来越受欢迎了——一开始，我听见一些男生在休息时在谈论王者的什么什么武器、什么什么装扮；后来，看见身边的一个又一个的同学玩起了这个游戏；此刻，车上的男生和女生很多都在玩，他们开着话筒、隔着屏幕、低着头对话。

　　暑假的时候参加一个活动，当时，一个老师说，现在这个《王者荣耀》啊，又害了一批学生。我在旁边听着他们的谈话。我不打游戏，但我知道，《王者荣耀》是现在又一款正在兴起的全民性的游戏。

　　看到过一篇文章，是关于《王者荣耀》的深思。作者沉迷于游戏，起初是想利用零碎的时间打游戏，但是渐渐地，他发现游戏不经意中占用了自己越来越多的时间；起初只是想在繁忙的生活中娱乐放松一下，但是后来才意识到生活并没有因此而快乐，反而越来越糟糕。作者在文章中承认，自己打过很多种游戏，都是之前很流行的，每一种游戏在它所存在的那个年代的流行程度，都不亚于今天的《王者荣耀》。他觉得，游戏的设计，都是基于人们内心本有的欲望和快速提高的满足感。现实中不能轻易获得的东西，虚拟世界几乎都是稍加努力便能得到的。

　　我想起小时候，面对电脑在"4399游戏城"里玩各种换装游戏，思索着把自己面前的洋娃娃打扮得漂亮一点。我想起二年级暑假，和姐姐一起在电脑前玩《摩尔庄园》——那是我第一次玩，也是唯一一次。姐姐在玩，我只是在旁边看，看着它闯关，看着它用金币改造房屋。我第一次觉得，世界上居然有这么好玩的游戏。那天之后的一个晚上，自己打开电脑，自己在《摩尔庄园》里注册了一个账号，有了一个摩尔，但是不知道哪里出了问题，怎么都无法进入，后来就那么没有后来了。于是，那天晚上和姐姐一起玩《摩尔庄园》的经历，就成了我这么多年对于游戏的最美妙的记忆。

九个月前看到一篇空间里的"说说"，大段的文字无一不与《摩尔庄园》有关——它的创建日期、它的何年何月突破了多少数字的用户量，一直到它的正式下线日期。

　　我不是一个经常玩电脑游戏的人，甚至可以说，我几乎是不玩电脑游戏或手机游戏的。我常常在想，如果现在《摩尔庄园》这款游戏还在，我能有足够的时间和兴趣，并且，我学会了如何让它进入情境，我是否还能像那个晚上那样如此热爱和投入？

　　小学的时候，我知道了QQ，有时候会看见妈妈在电脑前"偷菜""种菜"，看见左上角写着"QQ"，我认为，那就是QQ的全部内容。

　　初中后，大量的课业内容迫使你不得不通过手机与他人交流，那个时候，我认为，QQ空间的一条条有趣新颖的"说说"，就是QQ的主要内容。自己掌管了QQ后，我在电脑上点开农场界面，更新了几次的农场画面华丽了不少，我却全然失去了两年前的那种新奇。最初的农场是人人都有的，而此刻呢，只有联系人里的一部分人有，偷来种去也就那么几个人。然后，我几乎再没点开看过农场了。又过了一阵，一次在妈妈下班后去她的办公室等她，看着她的电脑，我突然问起了QQ农场，妈妈说，农场已经没有了，我心里有种说不清的失落感。

　　日子一天一天地走着，现在这个信息化的时代，所有事情的兴衰更替都是快速的。推陈出新的频率，让我们越来越快地忘记旧的存在，也越来越快地将注意全部集中在新的事物上。人人哀叹着浮躁，人人也都不知该如何是好。

思

到底该如何是好呢?

游戏与电子的存在，只是时代发展的必然趋势，或者说，它们只是时代汪洋里的一朵浪花，我们最初只是无拘地在里面划游漂泊，但逐渐逐渐地，我们都习惯了随波逐流，随便嬉戏着漂向了远方。

游戏，游戏，我只愿，所有的游到了最后，都不要变成了毫无深思的戏。

就这样，静静地等待长大

沉　淀

思

小时候看爱因斯坦、爱迪生、海伦·凯勒的故事，觉得他们很厉害。书本教给孩子们的东西，就是包括隐忍、坚持、知难而上在内的那些品质。

那时候觉得，人生的困难不过就在于"坚持"二字，其实没有那么不容易。

后来一点点长大了，不知从什么时候开始，大脑开始变得复杂，小时候毫无顾忌的心态在逐渐远去，"就那么去做"的简单心态也在逐渐远去。长大了要顾忌很多事，在越来越需要触碰社会的年纪，别人的每一句话，都可能成为自己放弃坚持的理由。于是，不去在意别人的话，无论如何都要坚持做自己便成了一种胆识。小时候似乎对于"失败"没有概念，但却对每一次的小成功都感到欣喜若狂。如果没有成功，那便是没有成功，从来与失败无关。

　　这便是小时候。

　　我一直很奇怪，为什么有一句话叫作"长大了你就会明白"？我们应该明白什么？我们怎样去明白？

　　也许，越长大越容易在乎结果，每一个颁奖台上的喜极而泣，都带着多年等待中的煎熬和失落后的期待。

　　如今，我常常把失败和成功作为评判一件事情的结果，不成功就是失败，再也没有"没有成功"，而二者的比例，却不是一比一。

　　除了这些，最可怕的，是与最后的成功相冲突的矛盾，种种矛盾，都会成为一种阻力，阻碍着你前进的步伐。

　　江苏卫视的《金曲捞》正在热播，歌声从话筒中传出，过后也许有泪水在听者与唱者眼眶中晶莹。歌曲的故事一点点被讲述出来，人们赞叹的是歌曲，也赞叹的是他们的人生。一分一秒、一日一年的经历，沉淀着他们的人生，沉淀着他们最后的成功——真正的成功，叫作"大器晚成"，包含着所有的辛酸与迷茫。

其实每个人都是在意结果的，不然不会在后来热泪盈眶。那些与时间相关的数字，在等待中总是那么漫长。

昨天在电影院看了一部纪录片《米兰斯卡歌剧院：奇迹之殿》，歌唱家们的身影一个一个闪现，屏幕上的剧院里，歌声嘹亮。我突然在想：他们经历了什么样的失败？他们在坚持中，经历过别人的轻视吗？岁月，到底给了他们怎样的磨砺，才给了他们最后的成功。

影院是黑暗的，屏幕是明亮的，看着他们高歌的样子，我又想到了小时候看过的爱因斯坦、爱迪生、海伦·凯勒的故事。如今的大多资料，都只包含他们通过努力所取得的成功，至于他们在被人质疑后的隐忍和永不放弃的坚持，则只能靠我们想象着去感受。

成功者们所有的经历都是一种沉淀；

我们在成长过程中，一点点通过成功者们的经历理解了成功的不易，这也能算得上是一种沉淀。

冰心曾说，孩子们幼小的身躯里，包含着伟大的灵魂。如果我们都退一步，不再去想人生所需经历的不易，以最开始的思维去经历，这能否，也可以算作一种沉淀？

静　滞

什么都不想干，我听得见风扇转动的声音。

从昨天早上开始，剧烈运动完的酸痛就一直在身上，加上心里说不清的烦躁——我现在只想慵懒地懒着，不想坐在书桌前，不想听音乐，不想瘫在沙发上，甚至连躺在床上都不想，连睡觉都成了一种麻烦。笔落在纸上，慵懒如我，像杂草般凌乱。

于是，我就随意地坐着。

在以往的日子里，心烦了就练字。倒也不管描得有多符合原字，只管一笔一笔描下去。如果是带点失落的情绪，就会描得很慢，让手中的笔划出的笔墨刚好叠在那字的上面，真真实实达到练字的效果；如果是烦躁异常的情绪，或是带点冲动与愤怒，就会描得很快，写出的字就只成了一个个懒散的框架，这段时间，便与练字没了关系，只起到一种消磨时间的作用。不论是急还是缓，时钟的"嘀嗒"声都在耳边轻诉着时间的流逝。

　　在以往的日子里，懈怠了就听歌。听一些伤感的，或是激励人心的——全由心而定，心里想要营造什么样的气氛，就去搜哪类的旋律。歌曲的旋律尽了，屏幕上的白色小点走到了轨迹的尽头，路的起点与终点显示着相同的时间，那一段轨迹上填满的颜色，是它留下的足迹。三分多，四分多，又或是五分多，时间在音乐声中流逝，但我却不觉得时间走了这么久。

思

在以往的日子里，烦躁了就看书，随手翻一些书。看书对我所正在做的事情而言，也许是一种浪费时间的事物，因为它不能帮你在做那件事上有任何进展。但想想，书看过，总还是对以后有所帮助，心里就会感到平静和欣慰。

然而此刻，我心烦而懈怠，但却不想干任何事。

我听得见时钟走过的"嘀嗒"声，仿佛听见了时间流逝的声音。我静滞了，可时间不会。常常害怕时间的浪费，然而此刻，很明白自己在浪费时间，可心里却并不慌乱，反而感到平静和满足。突然想起语文老师说过的一句话，"生命里的一些时间是要被浪费在发呆上的"。我没有发呆，只是在静滞，行为静滞，思想静滞，只有呼吸没有静滞。发呆和静滞，从本质上看，对于时间来说，都是一种浪费。

我静滞着，但时间不静滞，我听得见风扇转动的声音……

孩　子

　　我今年十六岁，按照道理，也许是个大孩子了。

　　很多人长着长着就忘了自己最初的样子。这个样子不是指容貌，而更包含了最初心里的所想，就是人生中最单纯的时光里的感受和记忆，以及与世界初相见时的好奇与疑虑，从一个孩子的视角。

　　孩子的世界和成人的世界是没有任何联系的，他们不懂大人们世界里的很多事情，他们不明白为什么大人们会因为一些根本不值得生气的事情而生气，他们不明白走在路上的、坐在公交车上的人们为何都僵硬着一张脸，眼神空洞而无奈。

　　别人的话说了就说了呗，何必在意呢？世界这么奇妙，哪来的人间沧桑？大人们总觉得孩子不懂，但长大后的我们又有几个人能记住当初的一瞬间的感动和善良？

小时候练习钢琴，钢琴老师常常皱着眉头，有时甚至从一开始上课就这样，感觉在忍受着什么巨大的痛告，可我又不知道我哪里做错了什么。然后我可能因为不熟练手指按下的力度还不够，或者手腕还不够放松，老师便一下子扯开了嗓子，手指把琴键按得好响，"我给你说要这样，你咋弹的？！"但我真不明白我做错了什么，然后我也生气了，赌气一样地故意胡弹。老师于是察觉出了我的不满，语气稍稍缓和了一下。我当时就觉得好开心，窃喜着，像个胜利者一般。课上完了，我也便不去想什么了。我依然不知道老师这节课为何那么不开心，但这又有什么关系呢？我开心就好了。

院子里有一群孩子，经常在一起大喊大叫，奶奶、姥姥和妈妈们在旁边谈论着关于孩子们的未来打算，声音里带着成年人独有的深沉。孩子的声音是最嘹亮的，充盈在整个院子里，像是要划破天际。

临近中考在家复习的时候，有一天快到正午时想下楼转转，于是拿着课本到院子里坐坐。阳光明媚却不晒人，藤萝缠绕着从头顶垂下，我看见一群三四岁的孩子在那里玩着什么，大人们在旁边笑着看。有一个可能才两岁的小姑娘，在我旁边好奇又渴望地看着那个方向。我看得出她的好奇与渴望。然后她就走了过去，就在旁边看着比她大一点、个子高出她一点的哥哥姐姐们做着她还看不懂的游戏。哥哥姐姐们走到哪她就跟到哪，眼睛水汪得让人只有爱怜。我心里急坏了，我真想上前和那群孩子们说："你们让她跟你们一起玩好吗？"但我不敢向前，我怕打扰他们心里各自的那种快乐的感受，并且让那个小姑娘陷入一种被人识破的尴尬处境。

思

　　我扭过头，于此情此景抛了一会儿锚，然后我便惊喜地发现她不再是一个人站在旁边了，而是和那群比她高一些的孩子们站在了一起。他们一起玩着，那个小姑娘好开心。我不再看他们了，我知道他们会一起玩得很开心。

　　我看着天空发呆。

　　也没过多久，我突然发现那个小姑娘和她的妈妈又回到了我身边，又坐在了那边藤萝下的白椅上。我心里"咯噔"一下。那位年轻的母亲长得真的还挺漂亮，但她一直板着脸，眼神锋利而冷酷。她拿出保温杯，倒了点水到杯盖里，把杯盖递过去："把水喝了。"孩子向后退了一步，不高兴地摇了摇头。

"喝了！"她说出了命令式的话语，那语调让我心头一紧。

孩子被吓到了，走上向把水接了过来，喝完了。

后来，那个孩子又想去和那群大孩子们一起玩，但是她好像怎么也加入不进去了。再后来，那个小姑娘和她妈妈又回到了我身旁。孩子哭了，她的妈妈冲着她吼："人家本来就一直在一起玩的啊！你来得晚呀！"

接下来的事情，我便忘记了。

我真想上去教训那个自以为是的母亲一番。

我十六岁了，只是突然想起了这些事。

十六岁，我应该是个大孩子了，但我希望长大了的我，还能记得自己最初的所想。于是，在突然想起小时候的那种感觉时，我赶紧记下了这些话。

就这样，静静地等待长大

"念念不忘，必有回响。"

电影《一代宗师》里的一句台词，在某一阵突然成了一句很流行的话。

在网页上搜索，原来是出自李叔同的《晚晴集》："世界是个回音谷，念念不忘，必有回响。你大声喊唱，山谷雷鸣，音传千里，一叠一叠，一浪一浪，彼岸世界都收到了。凡是念念不忘，必有回响。因它在传递你心间的声音,绵绵不绝,遂相印于心。"

总会想念一些事情，总会怀念一段时光，总会念念不忘一些记忆。杯里有水的流痕，日落藏时光的剪影——很多时候，一个微不足道的事物都包含着一段故事。

"念"这种东西，都是埋藏于心的。无论想念，还是怀念，抑或是与生俱来所笃定的执念，我们都要相信——

念念不忘，必有回响。

念

丁香花

多么娇嫩的花，

却躲不过风吹雨打，

飘啊摇啊的一生，

多少美丽编织的美啊，

就这样匆匆你走啦，

留给我一生牵挂。

那坟前开满鲜花，是你么渴望的美啊；

你看那漫山遍野，你还觉得孤单吗？

你听那有人正唱那首你最爱的歌谣啊，

尘世间多少繁芜，从此不必再牵挂。

——唐磊《丁香花》

高中开学第一个星期，我们学戴望舒的《雨巷》，那个反复出现油纸伞和丁香姑娘的雨巷。丁香是诗的意象，也寄托着作者最深的情感。据说它从来都是和忧愁连在一起的，当然，在一次次的盛开和凋落中，丁香也因一段爱情传说而变得神圣，代表着守候，象征着誓言。

那天课后半节，语文老师打开班里的幻灯机，对着屏幕给我们念了一篇他的文章，一个本来离我们很遥远的故事，就这样被带到我们的身边——

语文老师年轻时在山区教书，有一个学生当时和我们一般年纪，却有一个那么不幸的命运——母亲残疾，父亲智障，白发苍苍的奶奶卧病在床；家里穷到难以想象，比我们能想到的最差的情况还要糟。花季的年纪，本该填充着凌云壮志和浮想联翩，但现实让梦想从来都不属于他，未来对他来讲本就不神秘，远远的都是冰冷的残酷。当令人垂涎的中考成绩出来时，他已远在他乡下了煤窑。

并不是所有人都有一颗怜悯之心，煤矿老板克扣工钱，终日不见阳光的艰辛劳作，让他的面庞没了血色。再后来，老师收到了他的死讯。

时值唐磊的那首《丁香花》流行——

"多么娇嫩的花，

却躲不过风吹雨打，

飘啊摇啊的一生，

多少美丽编织的美啊，

就这样匆匆你走啦。"

念

老师觉得，这首歌，写的就是他。

回家后，我在手机上搜索这首歌，无意中知道了这首歌后面真正的故事。那是一个女孩，有着丁香一样芬芳又纯洁的心灵，却也没能躲过风吹雨打，匆匆地走了，留给唐磊不灭的记忆。

她和他都一样，命运的主旋律名为悲怆，悽凉了苍茫的际涯。

百度词条里说了丁香喜光、喜温暖湿润、喜阳光充足，阴处则生长衰弱，开花稀少；它的花语是"光辉"和"纯洁"，又被人们称为"天国之花"。一"丁"一"香"，本就有一种沁人心脾的感觉，两个字的组合，又交叠出太多的故事，它是许多事物的集结，以一种名义被传颂，包含了忧愁，又或许诠释了命运，更多地隐藏在人们的想象里，盛开与凋落，似乎也那么寻常。

"丁香阴处生长衰弱，开花稀少"，的确如此。他们的人生主旋律是悲怆，丁香花点缀起些许芬芳，花的味道，会飘散到他们所在的天国。那节课，他们身影的轮廓同丁香花一起，融化在我们的沉默里。课的最后，老师对我们说："本不该逝去的人走了，那我们活着的人，应该做的就是——更好地活着。"

丁香花盛开在夏季，现在正是夏末，我不知今年如果有机会再见到丁香花，我是否能嗅出它忧愁的芬芳……

鱼

念

鱼缸里的一条鱼死了。

我是走到鱼缸前才发现的，就在刚刚。

小时候我常常待在姥姥家，周末、寒假、暑假，总是这样。姥姥家有个鱼缸，从一装修好开始就有。它就那么被摆在那里，这么多年来，从未移动过。背后是一面墙，它填满了那面墙的空无。

鱼，都是从市场买来的，这么多年，我已经记不清，到底买过多少次鱼、多少种鱼，每次又买了多少条鱼。

突然想起曾经有一次，买了两种很小的鱼，一种红的、一种黑的，红的圆胖，黑的扁平，各有那么几条，加起来一共有十几条，黑红相间，充满鱼缸。

那鱼很小、很小，休息时走到鱼缸间，我总会先趴在鱼缸的玻璃上，一条一条地数，数清了才会觉得满意。鱼是会游的，那么小的鱼，在水里游来游去的，有时也不是那么好数清。

对于那次的那些鱼，印象最深的，是到了后来。

不知是从哪天起，其中一条红鱼本就圆鼓的肚子又圆了一圈，过了几天鱼缸里就出现了一条很小、很小、很小的小鱼，颜色是白的，白中透着那么一点点的红。后来，这些小鱼就一条一条地出现，越来越多。它们总是喜欢跟着一条大鱼，那是它们的妈妈。那阵子，鱼缸里的几条红鱼总是一大一小成对地游着。

真没想到，这么小的鱼，繁衍速度这么得快，似乎没过几天，就会看到又一条红鱼圆鼓了肚子，也许它是第一次有孩子，也许它已经成为了几条小鱼儿的妈妈，反正，我们也分不清了。

红鱼的数量驴打滚似地增长着，过了些天，黑鱼的数量也开始增加。那个时候看着鱼缸，我总在想，它们的数量能不能减少一些？成群地生长，它们能否会成群地死亡？

生的力量永远大过死亡的威慑，鱼缸里的鱼一点点从开始的十几条，增加到了八十多条。大约0.42立方米的鱼缸，从远点的距离看去，零星点缀着些小点。

似乎有一段时间，大黑鱼总喜欢咬小红鱼，大红鱼便会去和大黑鱼争斗。角逐和搏斗的情景就这么在鱼缸里演绎，我们就是场外提心吊胆的观众。

最后的结局，好像是把其中的大部分鱼送给了别人，然后留下不多条，我们就一点一点等待着它们老去，等待着它们离开。

还有一次，也是买了两种鱼，好像是黄色和红色两种，不小的。时间长了，红鱼就开始咬黄鱼，啄它的眼睛。黄鱼一条条翻了肚子，好一点的，眼睛化脓瞎了，只用一只眼睛看着路，或是两眼都失明了，就那么盲目地游着。

我们都不明白红鱼为什么要咬黄鱼、去啄它的眼睛，但每逢看见这样的情形，我们就会打开放着鱼食的盒子，撒一些到鱼缸里。

我很讨厌那红鱼，很讨厌很讨厌。很多次，我都想用平时清理鱼缸的漏网，把它们从水里捞出来，但我也只能是想想。那时，我看见红鱼，就觉得那红也成了气势的象征，而那黄，则成了弱势的表现。

我们总说，"眼睛是心灵的窗"，但自从看了那黄鱼，我才明白，眼睛，有时甚至和生命相连——至少在鱼的世界是这样的。有几次，黄鱼翻了身，我们以为它死了，但用网捞它时它却努力地翻腾着，尾巴一上一下拍打，我们才发现它没有死，只是换了个方式，游着、存活着。

关于鱼缸的故事，我还记得，我们养过一次清道夫，有三条。清道夫本是一种清理鱼缸的鱼，但买来后才发现，并非想的那样。三条清道夫都趴在鱼缸玻璃上，紧紧地吸附在那里，一动不动。每当有鱼食撒下，它们就突然灵活起来吃鱼食，那样子与平日里的样子截然相反。

其实，我们很难有机会看到清道夫灵活地游动着吃鱼食的样子。有时候，我为了看到它游动的样子，专门在姥姥姥爷喂食的时候，守在鱼缸

念

前，它好像知道你在看它，作对一样地一动不动，等看你变得不耐烦；当我转过身一阵，或是去喝杯水后，回来却发现那些鱼食几乎都被吃完了，我们都明白那是清道夫干的——此时，它已经换了个地方趴着了。

有一阵买的鱼食是细长细长的活鱼食，好像放在水里特别容易沉降，于是姥爷便做了一个专门用来给鱼喂食的东西。喝完酸奶的酸奶盒，在底部扎一些小孔，用绳子、杆子固定在水面，每次喂鱼，把鱼食搁在盒子里，鱼通过那些小孔把鱼食吃干净。然而到了后来，清道夫一次一次吸附在盒子上，其它的鱼只有羡慕地在旁边游着，或是上前去企图和清道夫一争高下，但有的就直接放弃了，落寞地游到了一边。

此后，清道夫就成了一个让我们头痛的东西，看到它抢占鱼食，我们就会用杆子把它赶走。

那时候，鱼缸底铺有很多石子，摆着有水草，旁边还有专门清理鱼缸的机器，连着电线，通向鱼缸的外面。清道夫喜欢趴着，但这么一个只有0.42立方米的鱼缸，我们有时都会找不见了它的身影。我们不信它会凭空消失，于是就一起仔细地找，有时会在石头缝里或是清理器上看见它们，但也有时，就真的找不见了它的身影，到最后，也只有放弃地说："算了，它一会就出来了。"

清道夫的离去，都是在我上学的时候。一个假期的一天，我走到鱼缸前发现只有一条清道夫，以为其它两条又是藏了起来了，但仔细寻找之后，就确定真的只有一条清道夫了。放开嗓子一问，得到的消息居然是那两条都死了。又过了一阵，几个星期或是几个月，剩下的一条也死了。

鱼缸里的鱼死了，就在刚刚。我耳朵里插着耳机，走到鱼缸前，看见游动着的五条鱼和一条翻了肚子的鱼，手机里正播放着刘德华和梁朝伟的《无间道》，把鱼的死衬得更加悲壮。

这才想起，中学后我已经很少留意鱼缸了，没见过鱼死后被捞起扔掉，也没见过新一批鱼被带来放进鱼缸，只知道鱼缸里的鱼多了还是少了。姥姥和姥爷早已养成了早上醒来就喂鱼食的习惯，但我却不怎么留意了。小时候和姐姐在假期总盼着到喂鱼的时间，然后像干一件神圣的事情一样，把鱼食倒在手中再撒下去，有时还会听见大人们喊，"唉呀，把鱼撑死了"，或是"不够，再倒点！"而现在呢，自己都忘了有多久没碰过那个鱼食的盒子了。

所有的鱼都有个共同点，就是怕人。走过鱼缸前，它会从你走过的角落迅速游开；把手拍在玻璃上，它更是受惊一样地甩尾转身。于是我小的时候爱干的一件事，就是故意吓唬它们，看它们受惊的样子。但现在，我好像走过鱼缸都不愿意再多看一眼了。

鱼缸里的故事演绎了这么多年，我没想到，我居然零星地记起了这么多。因为一条鱼的死，我对于鱼缸的记忆，就一点点被我从记忆夹层里拽了出来。可能此时所记起的，和真实的故事有一些差别，但那错，也只有归结于我的记忆了。可能那是红鱼不是黑鱼；可能那是九十多条鱼，不是八十多条——我真的记不清了。也许大脑已经自然地给故事添上了想象的烙印，故事和记忆参差着，成为了我所记着的鱼缸的历史。

念

鱼的寿命相比人而言，是极其短暂的。这么些年，多少条鱼在这鱼缸里走完了一生，角逐和生存在这里交错上映。无论怎样，都是时光的印迹。如果真有轮回，它们下一生还会是鱼吗？如果是鱼，它们还会在鱼缸里度过一生吗？想象没有尽头，所有的可能都会有存在的可能。

　　鱼缸里的鱼死了，就在刚刚。
　　·——今生，它们都是鱼啊，在我们的鱼缸里过完一生的鱼啊。

就这样，静静地等待长大

老　师

念

　　班里准备新学期开学的第一期黑板报，主题为"老师"。

　　在学校构思好的内容后，回家即刻搜寻资料。查找关于老师的故事，看了几篇仍觉不满后，我搜到了一篇名为"永远的第十一位教师"的文章。

　　在一个偏远山区的小学校里，因办学条件差，一年内已经先后走了七八位教师。当村民和孩子们依依不舍地送走第十位教师后，人们寒心地说："再不会有第十一位教师能留下来了。"后来村里找了个刚从大学毕业的女大学生来代一段时间的课。一个月后，女大学生被分配到城里工作。当女大学生收拾好行装，离开住所，准备离开的时候，她背后突然意外地传来孩子们朗朗的读书声："离离原上草，一岁一枯荣，野火烧不尽，春风吹又生……"那声音在山谷中回荡，久久不绝——那是她第一次教给孩子们的诗。她回过头来一看，一群纯真的孩子齐刷刷地

154

就这样，静静地等待长大

念

跪在远处高高的山坡上——谁能受得起那天地为之动容的长跪啊！她立刻就明白了，那是渴求知识的孩子们纯真而无奈的挽留啊！

于是，她毅然决定留了下来——这一留就是整整二十年。

二十年间，她送走了一批又一批的孩子们，那些孩子去上了初中、高中、大学……后来这位女大学生积劳成疾，被送往北京医院治疗。

当乡亲们把她接回山村时，人们见到的只有被装在红色木匣里的她的骨灰。

再后来，这个村有了不成文的规定，不论谁来教书，永远都是第十一位教师。

我是知道这个故事的，在很久之前就知道，大概是小学时读过的一篇文章吧。只是这一次我才注意到，那些孩子们是"跪"在山坡上的，只是这一次，我才注意到，她在四十多岁时便离开了人世；只是这一次我才注意到，"这个村有了不成文的规定，不论谁来教书，永远都是第十一位教师"。

小时候知道这个故事，我很感动，因为她愿意为这个偏远山区的小学校付出，那感动并不是很强烈，因为那时我以为这是大部分人都能做到的，我以为这个世界所强调的"爱心"与"责任"是每个人都能践行的，我以为学校从书本上教给我们的东西，是我们每个人都会记住并且能伴随我们一生的。

然而后来，我才明白，这个世界的很多人是做不到的。能不计较自己得失、一心为他人奉献的人，是少数；能多年来一直这么做的，则少之又少。有多少人，因为做了一点善事，而以此为资本与他人谈论；又有多少人，能对一件对自己无利，于社会有利的事情花费足够的精力和时间；有多少人，能不在意最后的得失，只是心甘情愿地付出？很少，真的很少，能做到这样的人都应是被人们乃至世界所铭记的。我在"感动中国十大人物"颁奖典礼上见到过这种人，我在长辈们代代相传的故事里听过这种人。

如今又一次看到了这篇文章，心中亦是感动，但那感动之上，却增添了一种说不清的东西。说不清，真的说不清。我只知道那感动是和这么多年的观察和感受有关，也与我对世界的认知有关。

我很想知道发生这件事的山区在哪里，我更想知道，那个教师的名字是什么，还有她的样子，甚至是她骨灰埋葬的地方。我到底能否知道，只有等时间去解答。我想，在她化为尘土回归自然的时刻，那地方一定生机勃勃、春暖花开……

甑　糕

昨天下午，忽然听到姥姥说："吃甑糕不？刚买的，还热着呢。"

感觉肚子不饿，于是我说："不吃。"说完后，我突然微微一怔，心绪涌动，突然很想念那个甜味和糯米含在嘴里的软软的味道，然后就意识到自己不知道已经有多久没有吃过那味道了。

记得小时候，我特别喜欢吃甜的。我喜欢餐桌上的甑糕。对于甑糕的那个枣味，我有种特别的偏爱。姥姥姥爷知道我爱吃，便常常给我买，有时是在我还没睡醒的清晨，有时是在他们出去买菜的间隙。纸盒包裹着，我便闻出了一种香甜。

昨天是8月30日，今天学校报到，明天就正式上课了。我开学高二。

自从初中后，闲暇的时间是愈发地少了，再加上童真与童心的逐渐离去，对生活的留意与好奇也愈发地少了。听到"甑糕"这个词，心中

念

有感的机会也就少了。想想脑子里关于甑糕的记忆，这些年里，好像也真的想不起来些什么，能想起的，也仍然是小时候懒觉起来细细品尝时的那种甜美。

　　开学在即，姥姥让我把甑糕带回家吃。清早起来，在即将去往新学期的这天，我又一次细细品尝那个味道，好像一下子回到了小时候的时光。就那一下子，后来就再也回忆不起来了。

　　甑糕是糯米和枣子做的，做成糊状的枣泥渗透进糯米粒里，再添上少许红豆，不知道为什么，那样的好吃！

　　零星的记忆中，我突然想起一个假期，我和姥姥、姥爷、妈妈在回民街区散步。路过一个卖甑糕的小车，我定睛一看，车的牌子上写着"甑"。我疑惑，我们口中的那个"jìng"的读音，写来居然是平时读音

159

为"zhēn"的"甄"。姥姥也瞅见了那个牌子，也惊讶地"诶"了声。我们就都开始揣测背后的原因到底是什么。妈妈就不停地念叨"zhēn gāo""zhēn gāo""zhēn gāo"，逐渐地，那"zhēn"听来就变成"jìng"了。姥姥、姥爷又猜："会不会是多音字呢？"也许是吧。我们接着也没再深究。

在那之后，在街边看见那写着"甄糕"的牌子，我也不会像小时候那般去疑惑。既然它读"jìng"，那就这么读吧。后来，一个偶然的机会，我突然发现那字板上的字变成了"甑"，我又留意了很多次，发现的确是"甑"这个字，我就又有些怀疑记忆了。

时间在向后推移，我渐渐忘却了昨天下午那突然间涌动出的感动，努力回忆，却无法记起。

我，又要回归忙碌了。

阳　光

念

　　走到阳台，看到了正午刚过没多久的阳光。

　　八月底，连着下了好多天的雨，此刻突然看到阳光，心里觉得好暖。坐在客厅，不开灯，拉开窗帘，让房间处于一片静默。阳光照亮了阳台，阳台的玻璃又把那光折射进了卧室。光平铺在地上，拉长了身影，白瓷砖散着光。那光，一下子连通起了外面的世界与家里的房间，我似乎闻到了光的味道。

　　肖复兴曾写过一篇文章，名叫《阳光的味道》。他在乡下的地里闻到了香气，他以为那是麦子的味道，可老农说却说，那是阳光的味道。他觉得诧异，嗅了又嗅，想了又想，他恍然，那是阳光的味道。

　　我不是特别喜欢承认阳光有味道，但是当我身处阳光下时，总会觉得身轻心爽，耳目得以一新。身体的感觉总是要通过某一种感官而得到的。我们看到了光，我们感觉到了它的暖与热，我们好像还感觉出了另一样东西的存在。是什么呢？我们听不到阳光的声音，我们无法品尝阳

光的香甜，于是，我们便把那一种使我们神清气爽的感觉默认为是嗅出的味道。也许，只有这个答案了吧。

光透过玻璃照在地上，刚好印出了遮挡物的影子，不知是惩罚还是雕刻。

我喜欢把花摆在有光的地方，把花盆放在那一块有亮光的地方。花的影子遮住了光，光就照亮了土的颜色与花的容貌，我心里有说不出的开心。

去年的一次考试，在家复习的那个下午，我把被子懒懒地铺在床上，看着久违的光把被子照亮，第一次想到把椅子搬到阳台，沐浴着阳光看书。后脑勺迎着光，书本的纸张被照得很亮，头发热了，脑袋也暖了。

我想起小学时候的运动会，大家坐在操场上，小小的年纪就懂得遮阳了，有很多人用衣服和书本盖着头。隔壁班的老师对学生说，"让太阳晒晒后脑勺，补钙的，能长个子呢。"我从小就知道晒太阳能补钙长个子，我喜欢晒太阳，却也害怕被太阳晒黑；我常在艳阳高照的时候低

念

着头走路，心里默默祈祷着让阳光照在后脑勺上。阳光一下子洒在身上，我好像感觉自己在长高，心里好开心。

我喜欢阳光，它的出现自然地为我的心情带来了明媚。很多时候，一天的天气情况也许就奠定了我心情的主旋律。如果早晨的天气阴沉沉的，那么我一天的心情也许都会阴沉沉的，而太阳如果突然一下子从云里现出了光，那我的心情也便会一下子好起来。

我以为，心情因天气变化而起伏的，只有我一个人。

那天姐姐回到姥姥家，窗外天气阴阴的，但我的心情不坏。午饭后姐姐在房里转悠，她小声嘀咕道："唉，这阴天把人心情弄得好烦呀！"刚好我从她身边走过，转过身，我略带惊讶地说："咦？你也不喜欢阴天？"她看着我："对呀，有太阳多好啊！"

原来，我们都是喜欢阳光的呀！

梦

念

　　早上起晚了，因为做了一场梦。一边处于梦境的情节，一边带有意识地思考。意识在梦境中作出行为的判断，意识也在现实窗外的光亮中恍惚。有时能淡淡地明白自己正在做梦，有时又沉浸在梦境中无法自拔。每一次都是这种感觉，意识在现实与梦境中来回转换，但就是无论如何都不能完全醒来。

　　昨晚做了一个梦，或是今天清晨，我不知道，因为没有办法判断。

　　这是一个奇怪的梦。

　　我梦见我在旅游，但是是在一个星球上，一个不是地球的星球上。我好像是乘坐着一架像是飞机又像是飞船的交通工具来到这里的。这个星球的陆地很少，比地球上的陆地少很多；这个星球的海水很多，比地球上的海水多很多——这是一个几乎全部被海水覆盖的星球。也正因此，这里的东西都很小，房子很小，交通工具很小，什么都很小。从飞

166

就这样，静静地等待长大

船上下来，就是从我们乘坐着的那个交通工具上下来，面前是一片海，一片不大的海，微小却又辽阔。梦中的景象似乎都很神奇，现实中矛盾又对立的事物，总可以在梦里和谐地存在。我看见前面的陆地上有一些房子，都是独栋的，三角顶棚的木屋，那种用天然的树干一点一点垒起来的，看上去很漂亮，我有一种心驰神往的感觉。如果没记错的话，我们是从这块地，乘着一种鸟，到那块地上去的。鸟的脊背很大，足以让我们每个人都有一席之地。在鸟的背上，有的人坐着，有的人站着，底下是海，鸟带我们飞过那片海。鸟飞的高度离海很近，却又很远；我们没有任何保护措施，没有安全带，没有降落伞，但我们却并不害怕——梦里存在着现实里所不存在的矛盾的融合。

房屋里的空间不大，尽管远远地看上去很大。我们是把身体蜷缩着进去的，进去后却也要俯着身子。梦里脖子不会觉得疼，腰也不会觉得酸；梦里来不及有怨言，意识需要细细地体会梦。你是一个经历者，却又像是一个旁观者。角色在经历者与旁观者间来回变换，正如意识在梦境和现实间来回变换。

走出房屋，又乘着鸟背回到来时的那块地，鸟飞过大海，我们仍不觉得害怕。不同的是，这一次走进飞船，突然发现飞船小了很多，门变得和房屋的门一样小，我们只能蜷缩着身体进去，然后又出来。我不知道我们为什么要乘着鸟背又飞回来，这只是梦的情景，我们只是在按照梦的程序在经历。

我们又乘坐上了鸟背，然后我就醒了。睁开眼，天已经大亮。

每次做梦，似乎都要等到梦里设定好的情景全部发生完，只要没有人叫醒我或是听到什么刺耳的声音。但是这次醒来后，回忆刚刚的梦，总觉得结尾还少了些什么，却又说不清楚到底少了什么。于梦而言，它是一个完整的梦；于我而言，它是一个未完待续的梦。

我记忆里印象比较深刻的一次梦，是在四年前的一个晚上。

梦里是黑夜，似乎没有经历开始，我们就进入了梦里的角逐。有时候就是很奇怪，你一进入梦，就立刻能明白自己在那种情况下该干什么事。那一次的梦境很像"爱丽丝梦游仙境"，但我不是爱丽丝。我和几个梦里的伙伴与红皇后对战，伙伴们都是我在现实中素未谋面的，但是在梦里，我却能清晰地叫出他们的名字，并且知道他们的特长。梦里是一片漆黑的夜，周围的环境时而是一片荆棘，时而是一片战争的废墟。这样的环境下，我们必须在清晨四点太阳升起以前，敲响梦境大地最前端的钟。路上经常有红皇后派来追杀我们的人，他们要取我们的命，我们能做的也只有躲避和躲避。他们的武器是石子和砖头，这在现实里不会让人生畏的事物在梦里却能置人于死地。我们一直在奔跑，紧张却从不觉得累。

我们在黑暗里奔跑，除了黑暗，我们还能感觉到的，就只有自己时刻紧绷着的神经。我终于体会到了曾经电影里和小时候动画片和童话中人物的处境，我想要离开，却也想要留下。隐隐约约地，我似乎在梦里清楚地明白自己在做梦。

天边似乎渐渐褪去了黑暗，我们担心着、害怕着，我们不知道如果不能在天亮前敲响那个钟，结局会是什么。

梦境里黑暗几乎快要褪去了，现实中的意识似乎也感觉到了微微的亮光。

终于，我们跑到了大地的最前端，敲响了那个钟。钟声响彻大地，新一天的第一缕光紧接着就触碰了大地。从钟声中铺出的光，以钟为圆心，一圈圈扩大，直至铺满整个大地。红皇后没了，她的士兵也没了，天地间有一种苏醒的气息，酝酿着每一个生命的蓬勃生长。

本想从此安心快乐地在这里生活下去，然而我才享受了一秒的时间，就感觉周围的那些缤纷与美丽就如电影屏幕上的画面一样淡去。我不知道是它远离了我，还是我远离了它。思维的结构迅速变换着，变着变着，我便记不清刚才自己的那些思考与感受。又是一个瞬间，我感觉到了眼中依稀有光，然后，我那因为在梦里过度紧张而麻木了的身体又慢慢恢复了知觉。就是很奇怪，有时我明白自己在做梦，但是梦境却束缚着现实中的我，无法动弹，感到身体僵硬而麻木，甚至感觉不到自己正身处于什么位置，我感受不到床单与皮肤的接触，也感受不到枕头与头的紧挨。而那个体验着梦境中的我，却比现实中平日里自己的感受更为迅速、动作更为轻便，我拥有着平日里几倍多的精力。

做梦的时候就好像灵魂出了窍，思维与感知转移到了另一个身体里，现实中的所有都会被忘记，我努力回忆，却什么都回忆不起来。那个灵魂就带着我的思维与感知在梦境里去经历，她是我，却又不是我。她似乎就是在我的身体里经历着她的经历，我不知道她是在我的心里，还是在我的五脏六腑所化的那片天地里。我是一个经历者，却又像是一个旁观者。

念

睁开眼，我看到了现实中的阳光，透过窗帘直射入我的房间。看看床头的闹钟，指针告诉我此刻还不到六点半，闹铃还没响，但它代表了新的一天。

那天早上上学的路上，我给爸爸说，闹铃没响我就醒了，因为做了个梦。爸爸问我是不是没睡好，又问我那是个什么梦。我说那个梦好长，但现在有一些细节都忘了。我给他讲我记下的那些，从头到尾，讲了挺久。他听完后，把手里的方向盘转了转，然后手在圆环上蹭了一下，换了个地方紧握着，就像是躺在床上听故事的孩子，在听的时候一动不动，等故事全部讲完了才敢翻身。他有点惊慌地说，"天哪，你做的梦这么长。"我说："感觉做了一个多小时。"然后他就问我最近是不是学业压力大，或是老在想什么事。我真的不知道。

人们相信梦总代表着些什么，"周公解梦"似乎也想把梦按照规律解释清楚。有的人因梦而恐慌，有的人因梦而喜悦，有的人因梦而想念远方的人……我们从来都探不清梦的奥秘，在梦里它是全部，但在现实里，它几乎什么都不是。当人们睁开眼时，便与梦分别了，然后来不及沉浸，就会回到之前的步伐，忙于之前所忙。现实冲击着梦，让梦很快地被忘掉。我们的记忆中，留给梦的地方是那样的狭小，以致我们回忆不起梦。数年之后，我们甚至无法说清那个梦令你惊心动魄的原因是什么。梦的寿命很短，它从来都经不住现实的吞噬，但梦这个"部族"的存在，却与人类生而共存。

他　俩

念

　　姥姥姥爷要金婚了，让我写一些话。于是在开学后不久的那个周末，我坐在桌前，听姥爷讲他们的故事。

　　姥爷在桌前给我削苹果，边削边讲。姥姥皱着眉头对姥爷大声说："你小心手！"

　　姥爷抬眼看了一眼姥姥，继续边削苹果边说，他的母亲在他刚上大学时给他说："CX啊，你要考虑一下婚姻了。在大学里看看吧，同学之间还是比较了解的，最好就在同学里找一个。"

　　姥姥微皱起眉头，提高了音量冲着姥爷喊："行了行了，赶紧把刀放了。"

　　姥爷又抬眼看了一眼姥姥，放下刀，对我讲："结果呢，就来了个吴九妹。"

　　"你当时就知道她是家里老九吗？"

"哪哈儿知道噢。当时就只是觉得长得还好看噢。"姥爷笑，"不想找农村的，班里就只有六个女生。当时看上了，就故意在收作业时说两句话。"

"所谓心有灵犀一点通嘛。"

姥姥瞪姥爷一眼："狗屁和你心有灵犀一点通。"

姥爷嘿嘿地笑："我俩心照不宣嘛。"

姥姥笑着瞪姥爷一眼："狗屁和你心照不宣。"

"当时看电影学生票一角二分钱，听说她们几个女生去看，我也就叫了几个男生一块儿去，没给她说。唉，都是幌子，就是想见见她。那会儿啊，好像就是你比较观察我，我也比较观察你。"

"咋就不说说你欠我钱的事儿呢？！到现在还欠我两毛一分钱，你把我给骗了！"在客厅玩纸牌的姥姥停下来，对姥爷又提高了声音地说。

姥爷又一笑："当时是周末，我要回家，她回她姨妈家。我有点事要后去车站，对她说，WZZ，你排队等车时能帮我代买一张车票嘛。"因为当年汽油缺乏，公交车很少，乘坐从小龙坎到牛角沱的公交车要排老长老长的队，大概要候车近一个小时。后来啊，我耍了"赖皮"，故意不还她钱。这故事我知道，姥姥姥爷讲起过去的事，这是姥姥常提起的。

"没过多久，她的一个好闺密就来找我，问我，ZCX，你对WZZ感觉咋样吗？"

"我只说，'不错不错，很好。'当时根本不说什么'我爱她''我喜欢她''做我女朋友啊'什么的，但是两人心底都已经有数了。"

"我二十岁生日的时候，送了我的一张照片给她，照片背后写的是'你忠实的朋友'。她也回赠了照片，不是大头照，就是半身的那种人像照。照片背面写了这么一段话：'CX：这就是二十岁的我，若干年后你还记得当时的情景吗？多么令人留念啊！'这些照片一直珍藏着，已有半个多世纪了，姥爷这些年偶尔会翻出照片来看着、想着……"

"她还给我织过毛衣。"

"你就全说成是我追你了？！"

"对！你就这么写！"

"她说，'你咋没毛衣呢？你拿来毛线我给你慢慢织嘛。'后来，父母亲听说后给了我20元钱，买了一斤多混纺的灰色毛线，给了她后，她抽空给我织了一件毛衣，不久后我穿上了新毛衣，身子暖和，心里更暖！"姥爷接着说，"她家里经济条件比较好，有一次她用积攒的零花钱买了一支五块多钱的英雄牌金笔送给我，草绿色的，现在还在。这些钱现在看来不值一提，但在当年，相当于一个人一个月的伙食费，不少呢。我呢，说实话，有点塞皮，只在她生日的时候，给她送过一本还算精装的日记本和两张手绢。"

"那是什么时候的事儿了？"我好奇。

"应该是二十岁以后了。"

"有一次，我发现她的鞋有点破了。那年代啊，鞋穿破了就补。我说，我拿回家找鞋匠给你补补。我母亲见后问我，我说是ZZ的。母亲点头示意，心中有所明白。"

"沙坪电影院旁边有个餐厅，我们两个不回家的时候看完电影就在

念

餐厅里面吃抄手、小面什么的。有时也在公园里转转，只不过次数很少。有时候约她散步，等到她下车，好高兴。我们绕路经过重庆大学后门，从前门出来，到我们的学校——重庆建筑工程学院。当时呢，我们还在戏院看过一部话剧，叫《年青一代》。"

"后来填志愿，我不愿意当老师，不愿意干设计，不愿意干施工……"

"你那么啰嗦干什么？你就说想搞研究嘛！"

"对，就是想搞科研工作。"

"噢，还有一次，确定我俩的关系后，她父母让她回成都探亲的哥哥来重庆。一个周六的下午，一同去了她在重庆的姨妈家。一去就晓得啦，是要来'审查'我的。"姥爷说着说着就笑了。

"啥都要如实了解，家庭情况、父母工作什么的，就如实说呗。说完了，还不够，再住一个晚上休息一下。据她后来给我说啊，其它都挺好，就一个，我是家里老大，今后负担可能有点重。她就说，没事儿，负担以后都能过去。"姥爷在桌前摆弄着瓷盘子，眼泪在他眼眶中打转。

就这样，静静地等待长大

"她哥回成都把情况汇报后，我的准岳父岳母呢，就说还可以。之后，在一个假期里，我就去她成都家了，我母亲专门给我做了一条新裤子。那时候糖果和点心凭票供应，且数量非常少，我母亲只好用面粉、鸡蛋和糖自制了一些油炸面饺饺，装了两瓶，随身带去。唉，不像现在，当时困难时期啊，物资贫乏，有钱也买不到一些东西，更别说没钱了。两瓶面饺饺，就是见面礼了。现在想想，多寒酸呀。"

"到她家了，我自然要露两手表现表现、显摆显摆。见她家那个木凳子的腿坏了，我就动手给修好了，得到大家的夸奖。"

姥姥撇了撇嘴："行行行，随你编吧。"

姥爷正要说，姥姥又抢着提高了声音："我送你金笔又给你织毛衣，你就给人家两张手帕就打发了？！"

"那两张手帕多少钱？"我问道。

"哎呀，不记得了，两毛多吧。你想嘛，那个时候经济条件也不是那么好。"

姥姥把客厅里给我夹好的核桃拿来，看见我用手机在备忘录里记这些故事，惊讶地看着我说："他在那儿胡说你还记啊？！"

姥爷把身子一挺，提高了声音说："我没有胡说！你就这么写！"

"后来大学毕业了，接受分配，我们从南方到了北方。临行前，路过成都与她父母告别，老人说，北方冷，提前找裁缝师傅做好的两件棉衣，你们带上吧。"

"你姥姥家境较好，上大学时全班同学只有她佩戴了手表。毕业后呢，她对我很好很好。参加工作第一年，每月工资是四十八元五角，除了给家里寄点生活费，逢年过节寄点钱之外，两人所剩不多，一年下来，只结余两百来块钱。当时，我需要买块手表。我俩商量着，一块罗马表就行了，一百多块钱。后来她父亲知道后觉得不行，要买就买块好表，然后给我们汇来一百元钱，我们就在西大街口的东方钟表店，买了只二百八十块的瑞士摩凡陀手表。二百八十块呢，相当于当时一个人不吃不喝半年的工资！至今我有时还戴戴它，再等几年就成文物了。"

姥爷又接着讲："后来国家搞三线建设，我参加了科研小分队工作，赴现场工作。工作地点是保密的，时间多长也是不知道的，最初还不能通信，真是度日如年啊！哎呀，现在说起来都不好意思。常在想，她还好吗？思念，真的是思念。后来可以写信了，记得每次来往的信件都有六七页纸。在现场，每天都盼着有来信，连中午吃饭都总先要去邮箱看看——多想有来信啊！没有，就又想着；有了，就好开心，看了一遍还不够，想多看几遍。后来，一九六七年，'文化大革命'运动进入了武斗阶段，就暂时结束了科研队的工作，回到西安继续一些试验研究工作。"

"回到西安后，家里人说，你们已经二十五岁了，有个家就方便一些了。一九六七年十月一日，我俩结婚了。同事们一人出几毛钱，凑起来买个水壶、水瓶、水杯、镜子之类的礼品来祝贺，来家里坐坐，抽支烟、吃颗糖、聊聊天。烟和糖是凭结婚证发的票买的，可买几包烟、几斤糖。那时候结婚非常俭朴，行李衣服没多少，但是心里很开心。"

"我在那个《金婚抒怀》的诗里写，'天赐良缘，携手共度人生路；岁月悠悠，酸甜苦辛一路来'。还有什么'改革开放，心情舒畅'……慢点。"

姥爷跑到另一个房间，取来手机翻呀翻的，又坐到餐厅里，压低声音说："我现在只给你一个人透露，听着。"

他戴上老花镜，对着手机屏幕，小声念：

金婚抒怀

美丽幺妹　同窗相识到相恋

天赐良缘　携手共度人生路

岁月悠悠　酸甜苦辛一路来

改革开放　生活巨变人心爽

时光匆匆　弹指之间愈古稀

古稀不稀　来日方长多保重

金婚之日　祖孙三代同欢庆

人生一世　美满幸福大家庭

老夫　丁酉年国庆

"诗中我用'美丽'二字呢，是因为包括外表和内心，就是外表美，内心也美。我现在呢，更是明白了，好文章要用心写才能写出来。"

姥爷又有些得意地给我说："外公还是有点水平吧？所以说，有感情才能写好，人真的要用心写才能忏怀。这呢，就是外公的恋爱简史。"

姥爷的故事讲完了，我看见他已经热泪盈眶。他擦了擦眼泪，伸手把桌边儿的在御品轩买来的点心拿了过来："等会儿走的时候带点儿走吧。这个是芝麻味儿的，好吃，你先吃一个。"

"来，你自己拿。"他递到我跟前。

我拿起一个，咬了一口。嗯，是我吃过的，不是特别稀有的那种味道，但我喜欢吃。

姥姥不知何时也坐到了餐桌前，对我说："核桃让你妈拿回去了，每天要记得吃三个。"接着，她又把客厅里的葡萄端来，放到我面前。我拿起来，她提醒我："葡萄好吃，要剥皮皮。"

前些天上学的时候，我在自己的家里住。放学后的晚饭是妈妈下班后从姥姥家带来的，里面有排骨汤。听说我最近体力消耗大，姥姥专门给我熬了排骨汤。

……

从小到大，他俩的故事我没少听说。这么些年，姥姥记忆犹新的，是姥爷"骗"了他的那两毛一分钱。除了这个，姥姥还会笑着说，当年在大学时去食堂，姥爷胳膊下夹个饭碗就跑着去，每次吃饭最积极，姥爷也为自己解释，三年自然灾害时期，肚子吃不饱饭，老饿，一到吃饭时间，当然想快点吃到嘴里。姥姥还记得，有一次上体育课投掷"手榴弹"，姥爷不知脑子里在想啥，随着"手榴弹"一出手，"扑通"一声，他就趴在了地上，出了洋相。

我们家的家风是最传统的那种，姥姥姥爷常给我们讲以前的故事，用"学会节约""真诚待人"等思想教育我们。在家里，我一直感受着沈从文《边城》里所讲述的那种人与人之间最纯真的情感。

姥姥姥爷要金婚了，让我给他们写点什么。

我在屋里，大人们都在屋外。我听见他们在外面沙发上聊天。

金婚的置办都好了，是要花一些钱的，我们马上就出发准备庆祝。

我听见姥姥在外面说："这个世界上，有钱的人呢，毕竟都是少数……"

是啊，有钱的人是少数，可是真正幸福快乐的人，似乎也是少数。我很庆幸，我们一家虽然不是有钱的少数，却是真正幸福快乐的少数。

他们金婚了，我一定要说：谢谢你们一点一点、一代一代传承的家风，祝你们——金婚快乐。

念

记忆里的故事和童话

自己从小就是个爱看故事的小孩儿。

妈妈喜欢买书，床头的柜子上摆满了书，每晚睡前总会开着柜子上的灯读会儿书。有时听到妈妈说"晚安，我睡了"，偷偷一看，她却在靠着枕头捧着一本书。时间一长，连妈妈翻书的动作，都有了一种娴熟的味道。书从何处来？当然是在书店一本一本买回来的。因此，每次在妈妈挑书的时候，我也会学着妈妈的样子，在书架上把这本儿抽出来瞅瞅，把那本儿翻出来看看。不同的是，我翻的书大多都是画满插图、文字不多的童话书，不用仔细识字读句，翻着看一看插图，就可以知道一个故事。

那时候书不像现在这么多，价格也不像现在这么贵，大部分都在十块以下。现在想想，似乎连价格，都刻有一种单纯的符号。

后来随着时间的推移，很多满是彩色插画的书都不见了踪影，留下来的，似乎只有屈指可数的那么几本。装帧最精美的，也是令我印象最深刻的，是一本名为《小拇指》的书。

至今我还记得，那本书被我和姐姐翻了几十遍，它的纸张有A4纸那么大，每一页都是少有的那种特别光滑不容易破损的纸张，封面和封底是厚厚的一层硬纸板，上面印着彩色的图画；里面共有7个故事，第一篇是《小拇指》，第二篇是《爱丽丝梦游仙境记》，其余的都不记得了。

初中后一次收拾房间，突然翻出了那本《小拇指》，看着已经很是破旧的童话书，又环顾一下已经堆满东西的屋子，想了一下就把它清理了出去。后来那些清理出的书全都装进兜里送到了姑姑家——那儿有一个还很小的弟弟。再后来在愈加繁忙的生活中又想起了那本书，忽然又有一种想再翻一翻的念头。前阵子问姑姑那本书的去向，姑姑说弟弟已经长大了，所以书送给了一个亲戚家的小妹妹；我听后突然有些失落，但仔细想一想，此刻即使再翻，也不会有小时候翻着的那种感受，反而可能会让我大失所望，甚至连小时候的那种记忆也会一点一点消磨殆尽，所以不如将小时候的感受一直留在心底，回味时也能有一种捉摸不定却又暖暖的感觉。于是，这本书就这么在我的脑海里留下了一个时隐时现的幻影，容我将所有的想象注入其中。

自己从小也是一个爱听故事的小孩儿。

记忆里，姥姥、姥爷总会在空闲时给我和姐姐讲他们儿时的故事和他们小时候听过的故事。在他们的童年里，童话对于他们来讲似乎是一个模糊的概念，他们听过的故事，或多或少都带有时代的记号。我一边嘴里偷吃着糖，一边听他们给我讲故事，虽与我们小时候的安徒生和格林有一些格格不入，但却依然很吸引我的兴趣。

　　故事和童话的不同就在于现实和想象、无奈和美满，实与虚的距离就是那一层朦胧的窗户纸，但你却很难把它捅破。

　　每当姥姥、姥爷把他们听过的故事给我讲完，我都会问一句："真的假的？"

　　他们提起眉毛一笑；"谁知道呢，我们也是听我们的长辈们讲的。"

就这样，静静地等待长大

这种故事结局大多不那么美满，我在心里琢磨着它的真假。若是真的，我便会伤心许久，所以我宁愿相信那是假的，只把它当作人们虚构的故事。

有一则似真似假的故事，姥爷这么多年来常给我们讲起：

在三年自然灾害时期，有一个给商店运糕饼的拉车夫，有一次发现装货物的人竟给他多装了整整一箱！他在路上紧张地琢磨着该怎么办时，饥饿的感觉让他脑子一动，偷偷把车拉到跨河的一个桥下，一个人开始吃那一箱糕饼。既然这个箱子开了箱，就必须把这一箱糕饼吃完，可此时，他感觉糕饼已经把他的五脏六腑全都填满了，并且已经很噎很噎，他只好停下来去河边喝点儿水。没想到几口水下肚，一阵剧痛从肚子里传出，他就这么活活被撑死了。

时至今日，姥爷有时还会给我们讲这个故事，讲完总会感慨一番，至于故事的真假，他也不知道，只是听父辈们和当时的邻居们一次一次讲给他听的。

小时候的自己也常喜欢干的一件事，就是拿着一本书，趁着大人们清闲的时候，把书递给他们，让他们把上面的故事念给我听。当第一个字的字音从他们口中发出，我便好像一下子全身心地投入到了那用声音编织出的故事中。

犹记得一次不知是放假在家还是生病在家的一天，我在家里有些懒散地待着，姥姥突然提出给我念故事听的主意。我一愣，觉得这难得的机会似乎有些久违了，赶忙从房间里拿出一本书，递给姥姥。

姥姥不紧不慢地直了身，伸手接过我递过去的书，在床头柜的眼镜盒里取出老花镜，给自己架在鼻梁上，把腿一翘，借着窗外的光挪了挪，微抬起头，用带着四川口音的声音捧着书读了起来——

"亲爱的小朋友们，你们是不是一直以为蚯蚓是没有眼睛的？其实，在很早很早以前，蚯蚓和大多数动物一样，都有一双眼睛。你知道后来发生了什么事情吗？

"在很久很久以前，虾和蚯蚓是好朋友，他们都是既能在陆地上生活，又能在水下生活的两栖动物；蚯蚓有一双眼睛，可虾却没有。

"一日，虾哥哥来到陆地上，听见蚯蚓弟弟在伤心地哭，虾哥哥问蚯蚓弟弟：'蚯蚓弟弟，你为什么哭得这么伤心？'

"'我在水里受到了螃蟹大王的欺负。'

"'听说螃蟹大王在水里横行霸道，欺负了很多兄弟，可是我没有眼睛看不见，不然我一定会为你报仇。'

"'虾哥哥，那我把我的眼睛给你，你帮我报了仇后还给我，好吗？'

"虾答应了，蚯蚓忍痛摘下眼睛给了虾。虾跳入水中，在水中找到了螃蟹大王。螃蟹大王依然在横行霸道，虾远远看去，心里很是害怕，立刻忘记了替蚯蚓弟弟报仇的目的，决定上岸把眼睛还给蚯蚓弟弟。可在水里，它突然觉得有了眼睛是一件很奇妙的事情，也看到了自己从未看到过的东西，于是它决定不上岸了。

"蚯蚓在岸上，一直等到太阳落山，却不见虾哥哥回来。第二天，

就这样，静静地等待长大

它又从天亮等到了太阳落山，却依然不见虾哥哥回来。就这样，等了很多天始终没有等到虾哥哥。它明白了，虾哥哥不会再回来了。

"蚯蚓想哭，可因为没了眼睛，再也哭不出来了。它独自一人钻到了土里，也再没有去过水里；而虾，也因为心中的那份愧疚感，一直生活在了水里。

"从那时起，每天太阳落山时，蚯蚓都会一个人钻出土壤，用哀伤的声音喊道：'虾，还眼来；虾，还眼来……'"

念

那一次听故事，已是我上了小学的时候，听完故事我看着挂在墙上的钟表走了好几圈，觉得哀伤之中似乎又有一种感动——一种莫名的感动，或许是因为这样的时光真的有些久违了。

时间在流逝中走过，那些对于童话和故事一本正经的时光，在我的脑海里留下了有些好笑的记忆。春去夏来，秋去冬来，我依然不能忘记那插画中的童话和载有记忆的故事，还有那一句回荡在记忆里的声音"虾，还眼来；虾，还眼来……"

雪

清早起来，天灰蒙蒙的一片，走下楼，才突然发现雪早已在昨夜将这里的一切都铺盖上一层洁白。一片白茫茫中，我们倏地就被带入了冬天。

雪好似就在今早一睁眼间出现在我眼前，让我猝不及防地微微一愣驻足静立，然后又让我脚步中多了些欣喜若狂。今年的雪好似又变回了曾经记忆里的雪，白得皎洁，白得雪亮，一点点照映出脑海中记忆里的雪的景象。

小时候最喜欢冬天，对冬天的描述就是"雪的颜色"和"雪的堆落"，连小学时练习册上概括出的与冬天有关的成语都是"白雪皑皑""银装素裹"。有时候早上醒来，感觉特别冷，透过窗帘看见了微白的光，妈妈"唰"地拉开窗帘，惊讶地说："哟，下雪了！"后来长大了，雪也在年岁里一年一年减少，磨灭了我对冬天的期盼与喜望。再后来又下雪了，

念

但总觉得洁白中有了尘埃，或许是因为生活太过繁忙，连触碰都少了些欣喜。

今年冬天的雪，来得那么突然，那么热烈。坐在教室里，向窗外放眼望去，银装素裹的冬。感谢雪给我们带来了快乐，课间的高中生好像一下子回到了幼儿园，干燥的教室里散播起湿润的空气，夹杂着大家欢笑的声音。

下雪天出去走走，是对雪最大的尊重。一个上午的时间过去了，窗外依旧是白茫茫的一片。冲出教学楼，满眼一片洁白，天地似乎广阔了，但雪好似也广阔得铺满了天地，白色温柔地占领了这里，掩盖住几乎所有其他的颜色。脚一踩下，便听见雪的声音，轻柔而清脆；雪还在下，一片一片落在头上、落遍身上——下雪的天，让我们一不小心就白了头。

午饭后的时间是最值得怀念的，满操场都是散步的孩子。雪是童年里的记忆，它挖掘出我们潜在的天性。大家相互抓起一把雪，互相扔去，伴随着身体的轻轻摇晃，脚下的轻轻打滑，和叫声中对雪的期待与对冰冷的慌张。我突然有一种似曾相识的感觉。好多好多年前，在我还在小学时的一个冬天，一天早上醒来，看见飘着的雪花和满地的雪白。到了学校后，有几个班已经全班在楼下玩雪了，老师知道我们的期愿。但说实话，我不对期愿的实现抱有希望。课上了一阵，老师突然说，你们表现好的话，我就带你们下去玩雪。后来，她就真带我们去了。满天地的雪，好像怎么也抓不完。

诗意的大地，动与静，过去与此刻，都被我们营造出了诗意。

雪染白了北方的一切，北方成了雪的代名词。银装素裹中，为世界除去嘈杂，给予每个人心灵的抚慰和欢喜。

前些天买了川端康成的《雪国》，评论中说道，"由驶往雪国的列车开始，窗外不停掠过的暮景，映着玻璃上照出的少女的眼眸，扑朔迷离……簌簌落下的雪掩盖了一切爱与徒劳……"《雪国》里的雪代表了哀伤和思念，但今天的雪却象征着欢乐和希望，以及一种明静和对雪的憧憬。

暑假读的一篇文章里，作者说"每次在来8号楼的路上，我都会在心里想起《雪国》开头的一句：穿过县界长长的隧道，便是雪国，夜空下一片白茫茫……"今天来到校园时，天地间的一片白茫茫，和孩子们的身影融铸成独属于今日的美好——许久未见的宁静和心底对纯与美的眷恋。

明天好像还会有雪，我期待天地间的再一次银装素裹……

雪·隔年再写

今天，路面上的雪化为了一摊一摊的水，街道两旁还有昨天天气稍暖坚冰稍化时环卫工人扫起的雪堆。

今天，学校里，操场上结了层厚厚的冰，走起来"咔嚓咔嚓"地响，老师们用工具在铲雪。

——今年的冬天，雪好大。

今年的雪，是在元月初来的，持续了几天。每天清晨，路面上都积了厚厚的雪，而前一天的呢，已经结了冰。我们一踩一踩地像踏步一样地向前走，即使这样，也常常会打滑。学校门口铺上了红垫子，一下子踩上去，哇——好舒服！

今年，学校还因为暴雪特意放了一天假。

念

今年的第一场雪，是在一个时间是下午三点多的课堂上下起来的。好像一下子，窗外就纷纷扬扬地飘起了雪花，我突然就想到了鹅毛。小时候写作文，写冬天的景或是寒冬的亲情，几乎所有人都会去写"鹅毛般的大雪"，像一种约定俗成的东西，只知道在纸上这么写，却从来没有在冬天里觉得这雪像鹅毛。不知道为什么，那天上课时，似乎一瞬间窗外就飘起了雪花，也是那样一扭头间，我感觉自己看到了纷纷扬扬的鹅毛。

突然间的雪惊艳了教室里的我们，心似乎都飞到外面去了。一下课，各个教室里的同学都冲下了楼，懒散的冬日一下子就充满了生机。雪带来了寂静，却也带来了热闹。上课后的教室依然能见雪的踪影，有的同学把雪捏成球带上了楼，好像把冬天带进了教室。

我想起一年多前，那是十二月，下起了去年的第一场雪。那天的课间不像今年这么热闹，但是午饭后的操场上嬉闹着许多人，那是这里最欢闹的时日。当时老师布置了作业，让我们写雪，写感受写场景。雪留了两天便走了，后来又来了一次，没有堆积出厚度。

今年不一样，似乎每天清晨，都能看见雪铺满的世界，厚厚的一层，看着有些沉，把天地压得寂静无声；走在路上，每一脚都能踩出水，一脚一脚的，鞋里好像就有了水。雪在白天下，在晚上也下，落下的逐渐结成了冰，行人走过，脚下时而松软，时而冰滑。深夜临睡前不经意看向窗外，大地的雪像是吸了光，把黑夜映得发亮，我似乎置身于傍晚，只是没了落霞。

下雪的冬天有些萧瑟，没有多少人外出，也没有多少车辆行驶，走在路上的车也都缓缓地前进。很多地方都会看见雪人，有些精致的呢，就像是卡通书上的图画。院子里有小朋友在一起玩雪，大叫着抓起一把扔向对方，雪花在空中划出一道道弧线。

我像是回到了小时候，那是很久以前了。

随着年龄的长大，它变得越来越少，后来的冬天，空气里有雾、有灰尘，却唯独不见了雪。科学研究不断出现，我们越来越畏惧冬天，并且也习惯了在冬天到来时，从家里取出早已购置好的"面具"。我深深地记得，在新兴词语与事物出现的那个冬天，我们有多么焦躁与担忧。

也就是在前两年，冬天的到来不仅预示着雾霾的到来与"面具"的出现，更代表着措施的采取。直至现在，我终于又看到了这么大的雪，像是回到了小时候。

去年，在老师布置的那篇作文中，我写了一句话，"下雪天出去走走，是对雪最大的尊重。"现在，我只想穿着棉袄，静静地走在大街上。

念

可　乐

刚突然想到了一个游戏，名叫"贪吃蛇"，于是，我便又想起了那个名叫"可乐"的小男孩。

可乐是我在暑假去泰国苏梅岛的旅途上认识的。

坐越野车的那天，我听见领队姐姐从另一个敞篷车上下来喊，"可乐，可乐"，然后我就看见他从车上跳了下来。他不听话地到处乱跑。那个姐姐又喊，"可乐，可乐。"她的爸爸妈妈无奈地笑着跟着跑。

可乐在队里好像很招人喜欢，天真可爱，也顽皮机灵。去海滩的时候，在回程的路上，他死赖在她妈妈怀里，装出一副熟睡的样子，嘴角却微微上扬。他爸妈叫他、拍他："起来了，起来了，要自己走了。"他把头一拧，继续"熟睡"，但那嘴角的弧度，却弯曲得更厉害了。他妈妈生气着却略带些玩笑语气地说："哼，可乐耍赖，刚在船上说得好好的，下了船就耍赖。"一边说着，一边把他脚上的沙子拍掉。

在回宾馆的路上，他在车上叽叽喳喳地说个不停。他会唱《成都》，唱两句后却让他爸爸唱；他会算术，十以内的加减算出来后，不停地问他父母几十万的加减是多少；说着说着，他又问起父母十万米有多高、几万年有多长。他的妈妈把他抱在怀里，开玩笑地笑着对我们说："我觉得我们这娃将来是干大事儿的，成天在那儿报大数字，把人弄得烦的呀。"

印象最深的是在离程去往机场的船上，我和妈妈与他们一家三口坐在一个桌子上，他一直拿着手机玩，一会儿是消消乐啦，一会儿是青蛙吃皮球啦，玩得最多的是贪吃蛇。他拿着手机，想玩儿什么就直接在网上下载，样子熟练到让人难以置信。我们说："年纪太小了，不敢成天让他盯着手机看"。他父母摇摇头说："哎，不行呀，根本就管不住，不让他玩，他就又哭又闹的，把你吵得烦的。"我们在旁边聊天，他似乎一个字都没听见，全然沉浸于自己的世界。他不吭气，只顾着低头玩手机。

后来，我和妈妈去了船头，回来看见他终于放下了手机，坐在他妈妈的腿上和妈妈玩石头剪刀布，输了的人要被刮鼻子。他赢了，就狠狠地刮一下他妈妈的鼻子；他输了，却不让他妈妈刮他的鼻子，他妈妈说，你耍赖，咱们不玩了，他就乖乖地让妈妈刮，妈妈轻轻划了一下，他就喊着闹着要刮回去，他妈妈没办法，就让他刮，但次数多了，他妈妈觉得疼，不和他玩了，他就哭。他爸爸在旁边坐着，说来来来，你来刮爸爸的鼻子……他的爸爸妈妈累了，他却还嚷嚷着要继续玩，他妈妈就说，你和姐姐玩吧。我和他玩，输了之后他得意地把自己的食指弯成小勾状，伸到我面前。他倒也不会趁人不备时趁火打劫，我看着他，把头轻轻一低，他就把食指搭到我鼻梁上，重重一压，然后滑下——哇噻，真的好疼！

我又一次起身转了一圈后回来，发现他还在吵着和妈妈玩石头剪刀布，他妈妈说你静一静，咱们不玩了。他就哭了，眼泪"唰唰"地直往下流，两只小手不停地捶打着妈妈。他的妈妈生气了，一动不动地看着他，他就又拉扯妈妈的头发。他的妈妈就抓他的手，严肃地说，"坐好了"。他还是闹。他的爸爸这次也不说话了，看着他闹，看他动作停下一些后，对他说："怎么对妈妈呢？"他哭得更厉害了，也捶打得更厉害了。我忍不住插上一句："可乐，不准打妈妈。"他爸爸语气稍微缓和了一下说："听见了没？姐姐说不准打妈妈。"他不再那么闹了，却"哇"的一声哭得更厉害了。

下了船后，我没再怎么见他；下了飞机后，由于一晚上没怎么熟睡的倦意，我更是无心再留意他。

刚无意想起了贪吃蛇这个游戏，下载下来随便玩了一下，真的好玩。

我不知道不受管教的他长大后会是什么样，是会像现在这般可爱呢，还是会得寸进尺地顽劣到令人讨厌？反正，在他还小的年纪，在与他一般大的孩子此刻的年纪，他们的每一次嬉闹、每一次哭喊、每一次顽皮，都是一种可以让所有人快乐的可爱。

操　场

念

秋日不语

之前的一个周末，在一所大学的操场里跑步，看见一个小姑娘在骑脚踏车。她一下一下地踩着，控制着方向，在操场上转。当我跑完一圈多时，从她的车后撵上她，听见她喊"奶奶"；又跑完一圈多，她仍在喊"奶奶"；再接着跑完一圈，她还是在喊"奶奶"。

我依旧跑我的步，但我特别留意她的身影。又一次跑过她身边时，我看见一个同样骑着脚踏车的小男孩来到她跟前，他俩差不多的身高，互相看着。

女孩问："你见到我奶奶了吗？"

我扭过头，脚步不停——他们互相看着，都不说话。

跑完步，我坐在石阶上休息，再寻她的身影，却始终找不到，但我却看见不远处有四个孩子和两个老人，愕然发现，自己已经忘了那两个孩子的样子。我又仔细在操场上观望，不再能看到一个脚踏车的存在。

看着那四个孩子和两个老人渐渐走出操场，我告诉自己，对，是她，四个孩子里的一个就是刚刚在我跑步时喊"奶奶"的小姑娘。我愿意相信这是故事最后的结局。

为了准备开学初的运动会，有几次下午放学后，我专门到这所大学的操场里跑步。有一次天还未黑，我来到操场，听到主席台上的歌声。跑上前一看，一个大学学长正抱着吉他、连着音箱，摆着立式话筒，边弹吉他边唱歌。有一些人路过时就停在主席台前，有一些人专门走到主席台跟前，大家都很想近距离地看这场演出。

一首歌完了，主席台前的人都送上了掌声，连锻炼跑过主席台的人也提高嗓门喊："好听，好听！"

　　大家都像往日一样跑着，但我知道，大家都和我一样，一边跑着，一边听着，并且不时转过头往主席台那儿看看。他唱的歌不像手机里播放的那么完整，当我正意犹未尽地沉醉在此刻的歌声里时，他手中的吉他已经轻轻落下了最后一声弦音。

　　跑完步在主席台前压腿时，我仔细观察着他唱歌的样子，从拨弦到唱歌，每一步都有着自然而然的熟练感，每一首歌都是平日里耳熟能详的——《小幸运》《发如雪》《成都》《南山南》……不同的歌曲，同一种声音，听来，却有一种相同却又不同的情感。相同的情感来源于同一种声音，不同的情感区别于平日里的声音和此刻主席台上的声音。

　　一个滑滑板的小男孩跑到话筒前，趁着那个学长喝水调音的间隙，对着话筒喊了声。他的家长跑到主席台前，说："你赶紧下来。下来！"他不听，还拿着滑板在主席台上玩。他的家长着急了："你快点下来，哥哥在这儿唱歌呢。"学长轻轻笑了一下："没事儿，他想玩就让他玩呗。"

　　后来，一个和他年龄相仿的学长也走上台，和他攀谈起来。那歌声便也停下了。

　　接下来的几天时间，几乎每天都能听到他在主席台上唱歌。有一次，我也大胆地走上前，和他攀谈起来。他说，唱歌是他的业余爱好，大学的时候他玩过乐队，现在就是自己凭着兴趣唱唱。我问他，有没有感觉很奇怪，这里的人都在锻炼，只有自己一个人在唱歌？他说没有啊，自己就唱自己的就行了，不用在意别人的眼光，唱得好听了，别人给自己鼓掌，心里就特别高兴。

我们留下了微信，运动会结束后的某一天，我点开微信看朋友圈，他发了一段视频，还是他在那所大学的操场主席台上唱歌，但不同的是，主席台前站着一群人，挥着手臂、拿着手机和他一起唱。他的配字是："感觉在开演唱会。"

再后来，我看见他在朋友圈发了一张截图，他自己创作的歌曲已经上传到网上了。我在底下评论处留言："学长现在还去那所大学唱歌吗？"他回复我："不唱了，附近有居民举报我扰民。"我问他："那以后去哪儿唱？"他回复我："还没有其它合适的地方。"

上周周末，我又去了一次那个操场，初冬的气温让人感觉到些许寒冷。我看见，准备中考的孩子们正在进行体育训练，小孩子在玩电子飞机，当然还有一些人在跑步散步，绿茵场上有人在踢球……

这里，是操场。

风　筝

念

已忘了是哪年春天，我在家对面新修的公园里看风筝。

小时候学业不重，课程不难，时间只要抓紧都还是算清闲的，可我偏偏在小学就成了近视眼。小学时候的自己虽然性格也是活泼开朗的，可仍然是比较乖巧的，不爱动，很能静得住，假期在家连续待上一星期不出门也不会觉得闷。妈妈却希望我多出去走走，活动活动，不要老待在家里。

于是，在某年春天，趁着阳春三月春风拂面的时节，妈妈就在周末"命令"我和姥爷去公园里放风筝。

春天历来都是人们心中放风筝的好时节。不大的广场上，随处可见放风筝的人，广场周围还有几个卖风筝的人。我们提着早已买好的风筝，拴好线，顺着风向一点点放线，看着风筝在斜上方一点点飘上了天空，一左一右的两条飘带在风里摇晃。

姥爷将手里的一捆线越放越长，风筝也渐渐离我们越来越远。姥爷将手里牵着风筝的线盘递给我，我小心翼翼地接过，又小心翼翼地学着姥爷的样子将手里的风筝线一拉一放，避免风力过大吹跑了风筝；可手拉的力气又不能太大，要不然风的力和手的力这两个相反的力又会把天空中的绳子拉断。这轻轻的一拉一放，仿佛是从线的这端将音讯带到线的那端，告诉它不要因为天空，而忘了归宿。

线盘上的线已经全部放出了，手中拉扯的力量越来越大，风筝在远处已经变成了一个小点儿，一眨眼就可能在空中找不见了它的踪影。风筝远了，连手中的线也都战战兢兢的，风一吹，线可能就会断。我又像刚刚那样小心翼翼，甚至比刚刚更要小心翼翼地将线盘递给了姥爷，我在远处自己溜达，姥爷抬头看着风筝的方向，十分老练地拉扯着手中的线。

过了不久，我回头又看看放风筝的姥爷，却发现姥爷神色有些紧张，慌了神儿似的很快地收着手中的线。在空中被风拉得笔直的斜上角的线，弯弯曲曲地被风吹落到了地面。我问姥爷发生了什么事，姥爷说刚突然感觉线被拽了一下，然后就感觉手中的线变轻了，果然是风筝跑了。

我们到卖风筝的人那里又买了一个风筝、一捆线，把线和线盘的断线接在了一起。这回我们不敢再把线放得太长了，风筝依然在我们的斜上方飘着，我们能看清它的颜色、它的模样和它随风飘着的小尾巴。它随风摆动着身体，扑扇着翅膀，总还是想挣脱那根线。不知为什么，线那端牵动着风筝，线的这端好似也把我的心拽得一紧一紧的；风筝跑了，我的心里也空落落的。

　　小学的某一篇课文与风筝有关。那个周末，语文老师要求大家试着去和家长合作做一只风筝。我当时只把注意力放在了老师上，却没注意

"试着"这两个字的另一种含意。我心事重重地回到家，给大人们说了老师的要求，姥爷在周六就一直帮我做风筝。与其说是与家长合作，不如说成是大人主手我当帮手。那是一个脸谱形的风筝，牛皮纸的材料，用不知哪儿来的棍子做支架，让那层牛皮纸不至于像纸一样容易破损。后来周一大家做展示，我这才发现把这当作作业一样完成了的只有几人。

又过了几个星期的周末，我们在公园将那个风筝放上了天，不高，很低，似乎只有一两层楼那么高，但我们很开心，也包括妈妈和姥姥。

后来的一次周末，姐姐回来了，周六的下午，我们一起去放风筝——在卖风筝那儿买的风筝。中途我和姐姐去买水，回来后风筝又跑了，姥爷像个孩子一样坐在地上理线。一旁放风筝的一个老大爷，走到姥爷跟前说："风筝是不是跑了？我看见落在了那个楼顶上。"姥爷抬头笑笑说："噢，是跑了。"

风筝飞的样子在天边出现，可我们无法看到。

……

我现在已经记不清在家里做风筝的周末到底是在广场上放风筝的那几个周末之前还是之后，但我记得，在公园广场上放风筝的那几个周末，我们放飞了三个风筝。自己做的那个风筝，我们至今只放过一次，线很短，只有两层楼高。

放风筝的那年春末，我们已经不放风筝了。有一天回到院子，看见一个风筝飘着飘着落到了院子里一栋不高的楼上。

姥爷笑着说："看，又不知谁的风筝落了。"

我看着风筝渐渐落下，看着它们找到自己的归宿。

我又想起初春那几个飞走的风筝了。

波尔沃

念

我是一个有拖延症的人。

请原谅我，在旅途结束一年之后，才真的写出这篇文章，兴许，还多了几分纪念。

我是在中考结束后的那个暑假去的北欧，跟着妈妈和几个朋友一起。这一趟行程有五个国家，丹麦、瑞典、挪威、芬兰和俄罗斯，当然，俄罗斯部分只是一个角。整个旅程，除了来去的交通工具是飞机，我们乘坐的交通工具只有大巴车和轮船。几个国家有那么多景点，可想而知旅途有多么紧张。在旅行的途中，我们往往会发现，现在的生活节奏快得连向往已久的风景都无法入心地驻足。大巴车不停地开，沿途遇到加油站便稍作停留，看着加油站显示屏上显示的油箱里触目惊心的数字，我听见一个阿姨用略带戏谑的口吻说："这一天跑跑跑的，跑个啥呢嘛。"

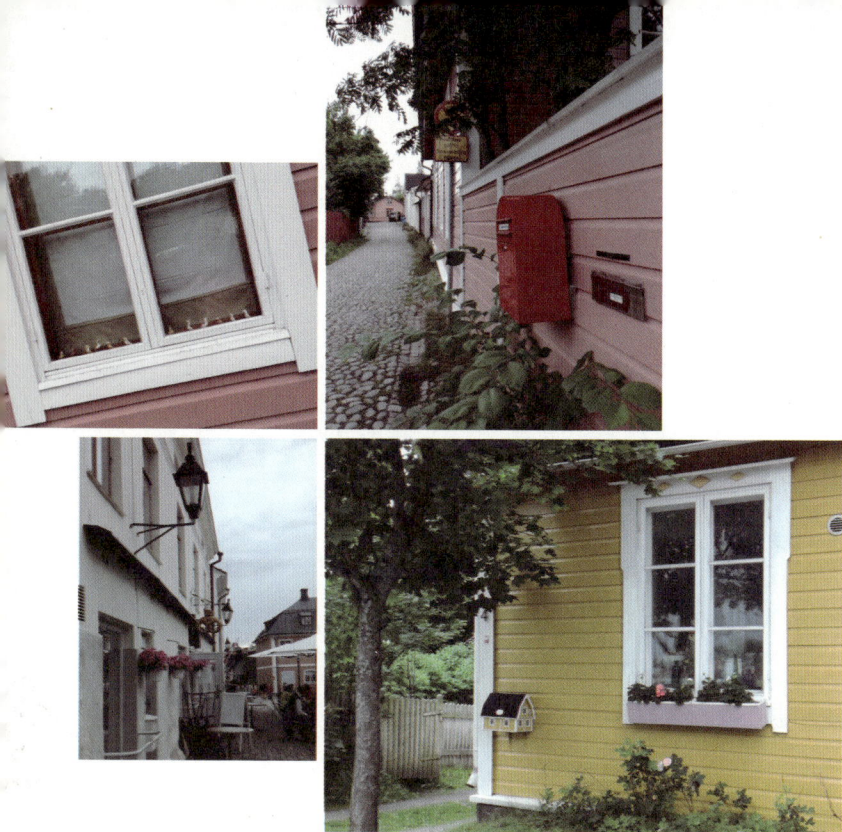

时代的浮躁，渗透进我们生活的每个角落。

在北欧的旅途行进大半后，我们来到了芬兰的波尔沃小镇。时间，仿佛都在这里变慢了。

听导游说，芬兰被人们称为"北方洁白的城市"，这里有六个小镇；圣诞老人的故乡在芬兰北回归线66°至68°的耳朵山，那里也是观看北极光的路线。波尔沃小镇是位于芬兰首都赫尔辛基以东50公里的一个景色如画的古城，坐落在波尔沃河河口，建于13世纪，是继图尔库之后芬兰的第二古城。

这里有弯曲的石头小路，有狭窄的小巷，有静静的河流，也有低矮的木屋，总之，一切一切，都如此的高雅简朴。这里是中世纪的缩影，

就这样，静静地等待长大

保留着历史的幽静，也沉淀着历史的厚重。汽车开到这里时，我感觉时间仿佛变慢了，我们一下子，仿佛穿越到了13世纪，成了风景里的画中人。

这里的房子都是三角顶的小木屋，保持着中世纪的原貌，房屋是上了漆的，都是不同的颜色。这个古镇，至今都还住着人，透过玻璃窗，我们看到了窗台上摆放着的饰品与玩偶。不知是这里的风景创造出了悠闲氛围的原因，还是生活在这里的人们代代生活安宁而典雅的原因，连玻璃窗前的物品都带有一种安宁与俏皮之感；小屋子的主人们呢，似乎也把尊敬与信任给了这座小镇，让客人们得以欣赏这里的朴素与宁静。

这里有鸟、有树，有的屋子还有小院，家家门前都有信箱。

这里的路很窄，石铺的小路宽度只够一辆车通行。有的屋子门前停放着车，特别像民国时期的老爷车，给我们一种摩登又怀旧的感觉。小镇不大，唯一的交通工具是公交车，有点像城市里的小中巴，每一次也上去不了几个人，我看见轮胎在石路上啮合着前行。

小镇的中心有一座教堂，不大，却是整个镇子的人来祈祷的地方。宁静的波尔沃小镇里，连教堂都修得格外别致，没有哥特式的造型，取而代之的却是白色的墙壁与黑色砖瓦铺成的屋顶。进入小镇的时候，导游说，你们就在这里转，随便走，但一定要去那个教堂看看，这里的每一条路都通向那个教堂，像是朝着心中的圣地。我突然想到一句话，"我在朝圣路上，寻找心的归处。"也不知道是为什么，走在这儿的小路上，我就想到了这句话。欧洲人向来是有宗教信仰的，于他们而言，兴许唯有宗教才能带来心的宁静。居住在波尔沃小镇上的人们，离城市虽偏远了点儿，但一座教堂在那儿，他们便可以自在地一世安宁。

　　现代生活与田园风光，在这里得以最完美地结合与体现。

　　喜欢芬兰，大概是因为喜欢波尔沃这座小镇；喜欢波尔沃这座小镇，却不只因为喜欢它的宁静。

　　规定的时间到了，我们原路返回，走过那座小桥，我们又回到了进入小镇的地方。阳光明媚的上午时光，一对夫妇在平地上摆了个书架，上面

摆放着关于圣经的书，每一种都有不同语言的版本，我路过停下看一看，他们从书架上拿起一本，用简单的英文给我介绍着。他们说这些都是送的，拿着看一看吧。他们笑得热情而灿烂，除了友好与信任，我不知还能怎么表述。与他们交流，我心里有一种莫名的温暖与兴奋。我拿着书上车了，趁车上的人还没到齐，我拿着手机下去，想把那个书架拍下留个纪念。我把手机对着那个地方，不曾想，我居然看见屏幕上的他们很配合地在书架旁站在了一起，"咔嚓"一下，照片上留下了那个放着《圣经》的书架和他们明媚的笑，故事就这么灵动地被记在了照片上。

我想起了木心的《从前慢》："从前的日子变得慢，车、马、邮件都慢，一生只够爱一个人。"

在波尔沃小镇，我看到了这种慢。

电影是文化、历史和思想的体现，我们看着画面一帧一帧出现，就好像在看一段一段的故事。当我们常会经历并思考的东西浓缩成一部电影时，情感的聚集将是浓烈的。好的电影会被铭记，一次一次带给我们感动。

何为电影？或许是用幻灯放映连续画面的影像。但肯定不止于此。电影是一种文化的体现，与时代、与思想有关。

有人曾这样描述影子：影由光而生，光却为影而在。仔细想想，倒也符合电影与时代、电影与情感的关系。艺术的价值往往就是那些直抵人心的东西。

指针追赶着时间，影子追着光，我们也始终追寻属于自己的答案。

影

那些英雄

　　《铁骑下的英雄》是一部根据历史真实故事改编的电影，剧中的主人公，名叫格吕宁根。在纳粹迫害犹太人的那个时期，欧洲各国都封锁了犹太人赖以逃生的边界。瑞士政府官员保罗·格吕宁根违背命令，接收了一个又一个偷渡过来的难民。年轻的弗莱被任命调查这件事，他一点点地知道了真相，几次犹豫之后，他最终选择了向上级如实汇报。格吕宁根受到了政府的处罚，偷渡过来的难民被遣返回国。

　　影片中的格吕宁根总是处于一种紧张焦虑之中，却又始终坚守着自己的良知。其他人都质疑他、指责他，但他从没怀疑过自己的行为。难民的涌入会阻碍国家的发展。当弗莱问他到底是否在为自己的国家而奉献时，他毫不犹豫地说："我是瑞士人，我为自己是瑞士人而感到自豪，我为自己是瑞士的政府工作人员而感到骄傲。"每个人生来都有一些偏执的东西，宁愿放弃一切去坚守。在格吕宁根心里，最重要的，就

就这样，静静地等待长大

景

是那些犹太人的生命——人类良知的底线。他一
次又一次地选择收纳，一次又一次地违反规定为
他们办签证，一次又一次地同他人争执，都只为
守护人类的良知。弗莱也曾尝试过，让支持格吕
宁根的政党出面与国会商讨，从而影响国会的决
定。但这种奢望实现的可能性，低到让所有人都
不敢去想象，没有人愿意去挑战。

　　也许有良知的人很多，他们都会为这种现
实的残酷而哀痛，为犹太人的遭遇而感伤，但只
有格吕宁根一个人，敢于一意孤行地对抗所有的
阻挠。他的行为，博得了犹太人的感恩和敬意，
也为他带来了命运的悲剧。当打开门面对弗莱的

时候，他明白他所恐慌害怕的结果终于来了。

弗莱有些羞愧地说道："对不起，我很抱歉。"

他嗤之以鼻地轻哼一声："不必了。"

汽车一辆辆停在了难民避难所的门前，长官命令着犹太人。而此时，弗莱冲进屋子，带着那两个曾经被他命令回国的兄妹，跑到了后门，打开门，门外是一片绿草地，风景迷人的天地里，满是自由的气息。

看着两个孩子跑远了，他关上门，在这座空荡荡的房子里陷入了沉默和悲痛。我们不能指责弗莱将那么多犹太人的命运送入了魔鬼的手掌中——站在人类道德的角度，他是令人憎恶的；站在瑞士公民的角度，他是完全正确的。其实没有多少人，会愿意看这一切的发生。

影片的最后，是黑白画面的历史资料，让本就沉重的气氛又加重了几分沉重——30000多名犹太人从瑞士被遣返回国；格吕宁根被开除后，在贫困哀凉中老去。

我们因《辛德勒的名单》而熟悉辛德勒的名字。但这个世界上，在曾经的历史里，有那么多的人，用生命坚守着人类的良知，我们却无法铭记他们的名字。

日本外交官杉原千亩为了拯救无辜的犹太人免遭涂炭，毅然决定违抗政府命令，昼夜不停地签发证明，发放"生命签证"。据不完全统计，他在一个月的时间里，共发放了约4500张手写签证，受益者约6000人。后来，正值壮年期的他被日本外务省以违抗命令，革去一切职务，一无所有。为了养家糊口，他只能自谋出路。中国外交官何凤山也在那个危急的年代，违背了命令为犹太人发放签证。他是一个没有留下名单的辛德勒，他救了多少人，历史无法考证。他救了犹太人的生命，在后来的几十年里却从未提起；他坚信中国"善欲人见，便非真善"的谚语，宁愿那些事情尘封几十年后才被世人所知。

只有身处灾难，才能深刻地洞悉其中所包含的种种情感。格吕宁根、杉原千亩和何凤山，他们的名字都被以色列人铭记，他们本人，也获得了以色列政府颁予的"国际义人"奖彰。庆幸，一切不易的付出，终于换来了一个美好的结果，沉淀着他们一生的重量。值得我们深思的是，到底还有多少英雄，含冤走完一生，却从未被铭记，或许只有时间才能揭晓。

世间有一种不幸，就是在坚持一件事时，因放弃了很多，最终连被人理解的机会都没有等来。他们放弃了人生的安乐，换得了自己生命的重量。值得吗？至少，在人们心里，他们的精神像丰碑一样矗立。现世的许多光辉都会随着时光的流逝而渐渐淡去，但深入骨髓的东西却会一点一点照射出璀璨的光芒。历史长河是漫长的，我们要相信时间的力量。埋在土里的种子也许还未发芽，但被雨水浸润过的大地总会长出花草，终有一日，那些花定会开遍大地，绽放在每一个角落，与阳光一起，充盈在每个人心中的那片天地里……

影

愿每一个林真心
都精彩地青春过

在说林真心的故事之前，我想先说说在进入影厅之前的我。

如今，生活以越来越快的节奏驱动着我们前进，初三的压力似乎也成了我们无法抗拒的生活用品，而我，总是喜欢与现实背道而驰地游走在自己的思绪里，一个人静静地将自己与世界隔绝，去触碰心底的那座城——

窗外的灯，越来越绚丽；路上的人，越来越匆忙，但我们，似乎离最本质的生活，越来越远。在考试面前，我们不能以一种"知识充实灵魂"的心态去学习；在旋转的时光表盘上，我们不能嘴角微扬地感受生活中的每一缕光、每一寸叶和生活中本应充实着的美好；甚至在人们眼中最单纯的校园里，青春中的豁达和心悸，也变成了一些同学之间模仿和作秀的剧本。

就这样，静静地等待长大

上周六，在忙忙碌碌中结束了六天的奔忙后，我终于可以稍作休息，将自己甩在沙发上，把作业和学习统统忘掉，去听听自己的心，然后又一次体会到所谓的青春的迷茫——我很讨厌失去本质的一切。

但幸好，我在那个周末的结尾，走进了那间影院。

影片的名字叫作《我的少女时代》，没有一个演员是人们所瞩目的。在手机上查看电影介绍时，高度概括的几行文字只告诉我，这是一个关于青春的故事。指尖滑动屏幕，我没有过多地将目光停留在男女主角上，毕竟，他们的名字和饰演的角色没有什么特别。青春的题材炒得火了，我们都逐渐失去了看到标题的想象力。

很一般的介绍，没有听过名字的新生代演员。说真的，初次遇见，我真的不觉得它有什么特别。

女主人公的名字叫林真心。影片是以成年后为公司日夜奔忙却从没拿到过与付出相匹配的报酬的主人公的自白开始的。在加完班，去快要打烊的超市，为自己买一份填肚子的晚餐后，劳累了一天的林真心坐在自己的床上，翻开了高中时的毕业留言册。桌上正播放着的录音机磁带一圈一圈地转着，磁带后的光影伴随磁带变化，倒转了几个春夏秋冬……

广播里正传来小虎队成员苏有朋休学的消息。高三的林真心不漂亮、不优秀，有两个和她一样有些神经质的好友和一对对她要求严格却又带些喜感的爸妈，以及一个暗恋着的男生——学校的校草欧阳非凡。

像所有女生一样，林真心希望自己能够成绩优异并且始终优秀，然而现实是，她只能是个普通的女生，为喜欢的男生不经意的一句话而兴奋不已。她自己都说自己的故事是"你们从不关心的平凡少女的平凡人生"。

因为有了喜欢的男生，林真心误打误撞地认识了这所高中的校园恶霸徐太宇，并且在这个恶霸的威胁与自己的极不情愿中，成为了他唯一的异性朋友；然后又因为一次偶然，他们彼此都知道了对方所暗恋的人，于是一起计谋着去追求自己喜欢的那个人。

林真心不聪明、不漂亮，常常在言行举止中透露出她入骨的傻气儿，但她却有一颗真诚的心，不论是对自己的死党、情敌，还是那个校园恶霸徐太宇。她悄悄地发现了他的秘密，并用自己的行动告诉他，"不必太自责，有些事情注定要发生，但你，只需做好你自己"。

后来徐太宇真的变了，变成了一个大家都不认识的人，变成了最初的那个徐太宇，最初那个阳光、帅气且优秀的徐太宇。

林真心打开了他心中最痛的那个结，也叩响了他青春里最美妙的那扇门。正如一次一次跌倒也要忍痛滑到终点的样子，林真心始终带着勇气与一颗纯真的心，表达着自己心中的不满，改变着校园里最不合情理的规定，也一次一次打动着他的心。她的愿望，就是希望他，变得越来越好。

当青春的他们和朋友们一起骑着单车去郊外撒野时，她以为他的心

就这样，静静地等待长大

里还是陶敏敏，他也以为她的心里还是欧阳非凡。可是此时，"校园恶霸"和"全民男神"的心里，都装着她。

在青春的时针又转过几十个圆圈后，当她难过了，他也离开了之后，在大家一起回忆那段青葱岁月时，他们才突然间明白了一切。

录音机的磁带播完了，林真心也回忆完了那段纯真岁月里少女的自己，捧着手中的毕业留念册。在"喜欢的人"后面，她撕下了贴在上面的标签，"徐太宇"三个字展现在屏幕上，不大不小，却令我有种温暖的感觉。

第二天，林真心似乎又回到了年少时勇敢的自己，霸气地给boss下了指令，骄傲地赢得了大家的掌声，也舍弃了那些勉强存在的存在。

刘德华又要开演唱会了，若干年后人气依旧从前，林真心还是像年少时一样没有买到票，但这一次，她却遇到了那个最想遇到的人——

"炸酱面，炸酱和面还是分开的吗？"

还是当年那句话，还是当初那个人，一切，还都刚刚好。

影片结束了，故事很美，结局也很美。不得不承认，这是我看过的现场笑声最多、观众们在观影时啧啧赞叹最多的一部电影，也是让我在进影厅前与出影厅后心理感受变化最大的一部电影——迷茫疲惫的感觉消失了，取而代之的，是纯真的力量与感动。

感动于他的情，感动于她的真，感动于那最单纯、最温暖的青春的爱，感动于影片里大家共有的校园情谊和青葱岁月。

我们不需要刻意去追求优秀，刻意地去成为最受瞩目的主角，我们只需要像林真心那般，单纯快乐地去做自己——真实的你，便是最好的主角。

　　两小时后，生活还要继续，我们都还要回到现实。现实与荧幕的距离，就像点和面的距离，从来都不在一个维度，穿越光年都依旧存在。现实中的很多事情都不会像电影所讲述的那么简单，许多你看不惯却又无法指责的事情还会发生。升学压力没过两天依旧铺天盖地地席来，但我的思绪，却时不时穿梭于电影与现实之间。我们不可能像电影里那样痛快地纯粹做自己，只能遵循着现实的步伐向前，偶尔停下来休息一下，然后继续无可奈何地在现实与任性之间徘徊。尽管如此，我们仍可以选择去始终坚守一颗纯粹的心，追随自己想要的生活，偶尔地，还可以沉醉于电影，感受那份或许不那么现实的美。

　　无论如何，都要做那个最纯真、最善良的你。

　　当又一次回到这个不那么美好的现实世界中，当心中的感动一点点褪去后，我仍愿你始终拥有一颗安宁而坚守那座城的内心，就像林真心爱惜着毕业册粘着的标签下的"徐太宇"。

　　前一阵有一部电影，刷新了国产电影的又一票房纪录，名叫《夏洛特烦恼》。后来在网上看到了一篇文章，名叫《愿每一个马冬梅都被温柔以待》。我没有看过《夏洛特烦恼》，但我却看过《我的少女时代》，所以我想说，愿每一个林真心，都精彩地青春过！

甲午风云：
历史的风起云涌

景

　　甲午战争，一场在中国近代史上令中国人屈辱的战争，以1894年7月25日丰岛海战的爆发为开端，以中国战败、北洋水师全军覆没而告终。中国清政府在这场战争后，与日本签订了《马关条约》。

　　1962年，电影《甲午风云》为我们再现了那段历史的风云岁月，而立之年的李默然用他发自内心的情感，为我们演绎了一个时刻为国家着想的铁血民族英雄邓世昌。影片中，人民为国家着想，朝廷大臣也在为国家找出路，邓世昌主战，李鸿章、方伯谦等人主和，但无奈的是，最终邓世昌和致远舰都葬身于太平洋。

　　影片刻画了当时清政府的腐败昏庸和邓世昌的英雄气节，也塑造了李鸿章、方伯谦等迂腐的形象。北洋海军"济远"管带方伯谦，因在中日甲午黄海海战中率舰先退，在战后以"首先退避""牵乱队伍""拦腰冲撞扬威舰"三条罪名于1894年9月24日被处斩于旅顺口。

多年来，史学界对于方伯谦之死时有争论，有人认为，李鸿章、丁汝昌以雷霆手段处死方伯谦，其实质在于把方伯谦当作替罪羊，为李鸿章、丁汝昌的战败责任开脱。黄海战败，北洋海军的最高指挥者李鸿章难辞其咎，舰队提督丁汝昌也罪责难逃。责任总是要有人承担的，失败也总是有原因的。"济远"的逃跑对战争的胜负产生了影响，于是他们就将这一责任推给了方伯谦。在为自己解释时，方伯谦说："昨上午十一点钟，我军十一舰在大东沟外遇倭船十二只，彼此开炮，先将彼队冲散；战至下午三点钟，我队转被彼船冲散。……我军定远头桅折，致远被沉，来远、平远、超勇、扬威四舰时已不见。该轮阵亡七人，伤处甚多，船头裂漏水，炮均不能放，驶回修理。余船仍在交战。"

也有人提出，济远舰是因在战斗中遭受日舰的炮击，导致舰体起大火而不得不退出战场，它不是"首先退避"。方伯谦撤退的原因，或许不是因为他贪生怕死，而是因为他知道胜利已无可能，先留下性命才是真正的长久之计。我们没有亲身经历过那场战争，也不了解方伯谦的思想和情感。但我相信，那个时代的人，无论主战还是主和，他们都是在为国家考虑。

历史上的很多事情我们无法考证它的真伪，人物之间的各种恩怨耽误了多少国家的兴盛，我们不得而知。历史反映的是社会的原理，许多事情都不那么显而易见地让我们清楚地知道整个过程，有时即使仔细分析，也无法得出真正的逻辑和因果。艺术本身和真实社会的本质不同就在于，艺术是画面本身的单调性，而真实的社会是一张纵横交错的网，那张网不是一张平面的网，它的形状不是固定的，它的大小没有人可以

准确地描述。我们都是矛盾的个体，千万个你我组成了这个矛盾的世界。每个人都有自己的思维，思维的不同大多与生俱来；每个人都有自己的口舌，对于一件事人们的言论不一，对于一个人每个人也都有自己的评论。当我们口口相传，从一个人的言论传播到众多人的脑海里时，事物被夸大的程度往往难以控制——我们每个人都是很多社会层面问题的起因，没有人能理清头绪。"家家都有一本难念的经"，社会这部经书，连文字都太难描述。

大海神秘而蔚蓝，海的广博和深邃不是我们所能看到的，我们没有人能对海下一个十分准确和全面的定论，大多时候，我们也只是在看它表面的惊涛骇浪和波澜不惊。对于历史和社会的某些东西，我们最好还是先记住它表面的样子，以一颗最原始的初心将它复原成本质的样子，不要将社会的线球缠绕在一个人身上，因为大多数事物或人的本质都不坏，只是它们的交叠成为了矛盾存在的理由，就像风和云，即使它们有时会风起云涌引起我们的慌乱，它们也都是自然曼妙的载体。

二十二

早就听说近期要上映一部关于慰安妇的纪录片，但却一直没有太过关注。

偶然一次翻看微信朋友圈，看到一个心理老师发了一条与这部电影相关的内容——好像是她去看了这部名为《二十二》的电影，但影院里的人却少得可怜。

趁着暑假还没结束，我赶忙给妈妈说要去看这部电影，于是我们就去了。

这部影片几乎属于公益片，没有特别多的院线，场次也都不是在黄金时段。我和妈妈是在一家我们从没有去过的电影院看的，一路找寻，紧赶慢赶地，还是稍稍晚了一些。

检票入场后，电影厅的灯已经灭了，屏幕上亮着光。

无声，无声，静悄悄的，什么声音都没有。音响里没有声音，观众里也没有声音，好像一下子全场都有一种庄严肃穆的感觉，带着历史的厚重感。我似乎听得到自己心脏跳动的声音。

我看见屏幕上的老奶奶在缝补东西。

她旁边没有人，白色字幕悄悄地写着她的名字和出生年份。

屏幕就这么静悄悄地变换着。她在床上坐着看天，她一个人吃着东西，她若有所思……

——她，她们。

时钟一点一点地走，我什么都听不到，但我知道时间在流逝。

又出现了一个画面，没有人，只是一个山区的房子，土制的，茅草当作顶棚。字幕上写着她的名字，她不愿意出现在镜头里。

终于有声音了，是她们的声音。像所有老人一样，她们的声音是哑的，带着一辈子岁月的沧桑感，但此刻，她们在镜头前坐在那里，我却又感觉出一种不一样的感觉，带点苦涩，带点哀愁。

有个韩国的老人，姓毛。她说，没有吃的只有逃难，从韩国逃到中国。她说，毛主席能带给她好日子，所以她后来跟毛主席姓。镜头前，她唱着歌，那是一首家乡的歌，孩童时就会唱，歌词是"你真无情啊，把我丢下了"。别人让她回去，她说不回去了，家乡没有亲人。

还有一个老人，镜头对着她，她保持沉默。她有子女，什么都不敢说。镜头里，她在简陋的屋子里挪椅子。

另外一个老人，也不说。她没结婚，有一个收养的孩子。孩子如今

景

也四五十岁了，在镜头前悄悄地说。

"她说不说了，说多了不舒服。她总不说。别人说，说出来心里就好受了。她说，这么大年纪了，有什么说头啊。"

老人在乡下的房子外面乘凉，每天就那么坐着，看着朝阳升起，看着夕阳落下。她的孩子在镜头前，老人在后面，画面的背景是房子和老人。她的女儿对着镜头说，她说自己不想活了，我说你别这么说，她就说活久了没有用。

日本侵华期间，中国的慰安妇有20万人。武汉日军慰安处达到60多处，关进去了就不能再出来。很多人在当时就自杀了，战后能存活下来的本就不多。韩国摄影师希望通过摄影，让更多的人知道，现状仍没有改变，很多老人在这么多年里，依然受着被人指指点点和鄙夷嘲笑的苦。他说他理解她们的苦，她们和韩国、日本慰安妇的苦都是一样的。他从认识她们那天，一直追踪到她们逝世那天。截至目前，他们仍在和日本在国际法庭上打官司，他说，不到迫不得已的时刻，他们绝不会来问她们当年的事情或是让她们出席法庭。

　　画面上出现一个坟墓，那个受过罪的老人早已沉眠在地下，远离世界的一切苦难。镜头对着一位村民，村民说奶奶是黎族人，当年日本人来村里抓人，奶奶长得比较漂亮，然后就被抓走了。后来回来了，在很长一段时期，人们骂她是"日本娘""日本汉奸"。

　　另一个阁楼式的农村屋子里，一个中年女人朝楼上走，她煮饭，她烧香。她的母亲是慰安妇，年老后得病了，病了两年，有一天就像睡觉那样，但却怎么也叫不醒了。之前的一天，母亲突然说自己起不来了，她就哭着说："妈，你一定要起来，不起来就不能起来了。"结果第二天，就像睡觉那样，睡着睡着，就走了。

　　她的女儿哭了。

　　太阳映在下过雨的湖面上，看见什么东西掉落带起的涟漪，却看不见光。

还有一个稍微乐观坚强的老人，坦然地说着当年的痛。她说，腿到现在都会痛，都是日本人打的。然后她笑着学当年的样子，用日语说着"你好，你好，快请坐"，脸上带着笑，弯腰鞠着躬。老人笑了，然后就哭了，对着镜头摆手，"不说了，不说了。"

　　我记得另一位老人的话："小的都大了，我反正自己走，不说了。"我忘了这是哪位老人说的，也忘了那句"小的都大了"的意思。

　　雨从房檐上落下，洗不去心里的痛。

　　影院很小，却也没有坐满。对于痛苦没有感悟，是因为你没有经历过那些痛苦。

　　有一个中日混血老人，一个老爷爷，因为身份原因，70多岁仍娶不到老婆，同父异母的弟弟要杀他。他提及年轻时的故事，也还会流泪。

　　纪录者把当初那些日本士兵如今的照片，一张一张贴在了一本册子上，拿给她们看。老人老了，我们似乎都无法再恨他们了。花白的头发和深浅不一的皱纹，看上去满是善意的轮廓。

　　老奶奶看着看着就笑了："日本人老了，连胡子都没有了。"

　　与她们生活在一个村庄的人说，不管是日本人还是哪里的人，她们心中伤口很深，却对别人很好。

　　影片播放快结束时，屏幕上出现了一片清晨里寂静的村庄，然后出现了一行行白色的字幕，写出了二十二位老人的名字——中国内地仅存

景

22位幸存的慰安妇。

　　时间终会流逝，时代终会过去，历史的厚重感我们无法深刻体会，而那些痛苦也便会随着时间的流逝而淡去。孔子明白战乱时的痛，我们无法感受得到；袁崇焕明白明末清初的痛，我们无法感受得到；老人们明白民国与新时代交替时的痛，我们似乎也不大感受得到了。

　　影片结束时，屏幕黑了，但灯还没亮。

　　黑色的屏幕上是白色的字，是每一位老人的话：

　　"希望中国和日本不要打仗，因为一打仗，就会有很多人受苦。"

　　"你们来看阿婆，阿婆就很开心。"

　　……

危 机

　　一直都知道《生化危机》这部电影，因为提及恐怖片，很多人立刻会想到它。我是在初三的时候在电视上偶然看到它的。影片中让人始料不及的恐怖镜头总在你稍微放松时出现，一次又一次，我紧绷了神经，不敢再有任何松懈——我紧紧地抱着沙发靠枕。

　　在那个周末之后，我便有了挑战恐怖的心愿。

　　很多人说，《生化危机》拍了好几部，其实只有第一部最经典，然而，真正令我有所感触的，是第二部——《生化危机：启示录》。我没想到，恐怖片所包含的寓意竟也那么深刻。

　　第一部的危机似乎在这里有了答案，虽然于整个系列而言，它只是暂时性的：一位瘫痪的博士为了治疗女儿的疾病，制造出了T病毒。伞公司的人们夺取了博士的病毒，并利用它开始研制生化物器。

在第一部的快结束时，影片告诉了我们病毒扩散的原因，有的人为了一己私利，心安理得地让那么多人为他的财富殉葬，而意志坚定地想让罪行得以揭示的人们却葬在了自己的信念中。我以为，"生化危机"的答案，就是私欲与私欲的较量。

　　T病毒的出现，本是由于一个爱的善念，但谁曾想，灾难来临后，它却成了恶的本源。

　　灾难暴发在了整座城市，失去大脑控制的行尸走肉散落在城市的每一个角落。行走的尸体与炮火、鲜血组成了此刻城市的样子，但在电影的一开头，这里阳光明媚、风景如画，人们像往常一样行走、工作、生活。也就是从艳阳高照到夜幕降临的一段时间，硝烟和"流浪"摧毁了这里的一切，所剩无几的生存者在抱着生的信念苦苦追寻，他们心中有生存，也有真理。

　　伞公司杀死了这里几乎全部的人，毁灭了一座城的全部，在光明破晓之前，他们也同样准备好了充分的"理由"和荒唐的"借口"来掩饰这里的一切。为了不让自己的阴暗暴露，他们把世界变为了阴暗——为了毁灭，他们无所不用其极。

　　所谓"生化"，就是把生物作为研究的对象，去创造有致命杀伤力的武器。生的思维去控制生的存在，人类控制人类，一切都失去了理智。在第一部结尾，我们与爱莉丝共同记住了麦特受伤后无助的眼神和科学家们的残忍，而现在，黑夜笼罩大地，麦特已然变为了一个令人远远看去便心生畏惧的怪物，轻而易举地被机器控制，我们说不清是畏惧还是同情。对生物的挑战与对底线的挑战，似乎我们从来都没认真想过并探讨过这一话题。电脑把指令传给了怪物，有威胁的强者全都死了，血泊中，只有手无缚鸡之力的弱者得以存活，所有东西都在黑夜中得以颠倒。

军队在收到指令后为公司效命，然而子弹和炸药都不足以切断他们通向死亡的道路。人数一点点减少，手里的武器是逃跑时唯一的慰藉："我们是资产，可牺牲的资产。"在此刻，努力似乎都成了徒劳，自己的命运早已被掌控在了他人手中。人类，是最可怕的强者，也是最渺小的弱者。启示录，到底启示了我们什么？

被公司视为重要资产的博士为了寻找女儿，通过电脑艰难地寻找幸存者。显示屏上，无生命的流离成了最习以为常的环境。女儿被城市里仅剩的几个幸存者找到了，灾难的其中一个原因得以被揭示："他不是坏人，他无意造成这一切。"生的信号传递过来，逃亡的办法传递过去，电脑却一下子变成了黑屏："电脑靠不住，像人一样。"每个人都有偏执的东西，也许，从来都没有百分百的忠诚，而真正重要的，是你所偏执的那一个人或那一件事，就比如，博士在意的是女儿，而掌控者在意的是结局。智慧运用到太多角度，就会造成世界的毁灭。很多时候，能让人走向光明的和能让人万劫不复的，都是同一样东西——生，因智慧；毁，也因智慧。

直升机停落在地面，他们期待地看着这一场终极对决，一场生物武器与生物武器的对决——与T病毒结合产生进化的Alice，和变异成恐怖怪物的"麦特"的对决。生物的对决竟如此残忍，曾经并肩作战生死共患的战友，此刻竟要面对你死我活的杀戮。Alice坚定地说"No"，随即一声枪响，掌控者杀死了那位制造出T病毒的博士："他是公司的重要资产，我却根本就不在乎。"生命与杀戮面前，Alice只有妥协与退让。掌控者命令军队去抵抗，也命令生物武器去杀戮，弱肉强食的森林法则，只有最高的那一层强者才得以幸存，并控制着生物的生存和毁灭。我不禁在想，到底什么才是真正的危机？

"演化自有其终点。"这是那个掌控者说出的理由。空旷的平地上，庞大的身躯与瘦弱的身躯在进行决斗，T病毒在此刻亦是力量的象征。在胜负已分、血流刀尖时，尖刃刺住了"麦特"的身体，也刺痛了Alice的记忆。她又一次地选择了"No"，"麦特"离开刀刃，而Alice闭眼等待着它的反击与死亡的来临。"麦特"拾起武器指向Alice，却最终从容地打死了那些士兵——血流刀尖时，只有曾经的经历以能够让人生存；即使是突变，那本心与经历也仍存在于骨髓。

子弹把落地玻璃击碎，行走的尸体成群地涌来。直升机起飞了，他们的飞机上不能留下这名掌控者，这名杀死了一座城的人却仍企图着生存。

"杀了我并不能解决问题。"

"但至少这是个开始。"

一座城的结局已定，一个人的生死已经不那么重要，但始作俑者理应受到相应的处罚。此时的博士也已经成了感染了病毒的僵尸，因果轮回，他是第一个咬向这个枪里没了子弹的掌控者的那个。

飞机在空中飞行，一枚氢弹在城市里爆炸。

那个逝去的记者的摄影记录，存放了所有的事实。新闻初次报道后，"证据"推翻了事实，灾难变成了恶作剧，前一天才报道过事实的记者们，第二天就深信不疑地报道着现在所找到的"证据"后的真相

——人们无从怀疑，也荒唐到人云亦云地不加思考。

"证据"早已存在，破晓之后，所有的阴暗都会被埋葬，毁灭真理的全部存在。英雄被通缉，州长在感谢罪魁祸首的善后处理，愚昧挡在面前，人们继续深信不疑。生命的渺小与罪恶在此刻暴露无遗。一城的人死了，没有原因，没有答案。值得我们深思的是，我们当下所理解并深信不疑的真理，是否值得反复深究？眼前的"真理"兴许就是愚昧的所在。

在城市爆炸的时候，幸存者们的飞机坠毁了，Alice的第一次生命停留在了那里。尸体被伞公司的人寻回，伞公司的人对她进行了新一轮的研究和处理。研究者们以为已经清理了她之前所留存的记忆，然而，在大脑疼痛过后，她清楚地记起了全部："My name is Alice, and I remember everything"化学子弹射向了她，她的肩上形成了一刹那电流，仿佛预示着她的新生。

科技到了不可扼制的程度，便成了冰冷的存在。Alice走出大门，来接她走的，仍是之前与她一起出生入死的同伴。

"生化危机"，到底何为危机？是私欲与私欲的较量，还是所有事物在阴暗中被黑白颠倒，抑或是人们对眼前的"真理"的深信不疑？我无法说出真正的答案。

"启示录"到底启示了我们什么？我们还需要细细地思考。

白月光　心里某个地方

那么亮　却那么冰凉

每个人　都有一段悲伤

想隐藏　却欲盖弥彰

——张信哲《白月光》

执

来自天堂的声音

听说《海上钢琴师》这部电影似乎已经很久了，但我却从未去搜查过关于它的什么东西。只是在一个随意休息的下午，随意地在手机上点开了这部电影——The Legend of 1900。是的，这是一部传奇，一部我们无法相信、更无法触及的传奇。

故事的讲述者名叫康恩，故事的主人公名叫丹尼·博德曼·T.D.雷蒙1900。

1900还在襁褓中时，便被遗弃在了一艘满载着富人移民的豪华游轮上，不知姓名，不知国籍。一位名叫丹尼的煤矿工人在游轮大厅的一架钢琴上发现了这个躺在盒中的孩子，这似乎注定了他这一生将与轮船的汽笛声、大海上此起彼伏的浪花声、摇晃的船板，还有那架大厅里的钢琴为伴。

当年幼的1900第一次跨过那道门槛，穿过长长的走廊，独自一人来到华丽的大厅时，他听到了一种声音，一种足以深入骨髓的声音，一种让他魂牵梦萦的声音。透过用缤纷雕刻了的玻璃幕墙，他看见了那架跳跃着音符、并且注定会陪伴他一生的钢琴。在康恩的叙述中，时间穿越到了十几年之后——

那个刮风下雨浪花翻涌的夜晚，是康恩登上维珍尼亚号的第一个夜晚，也是他和1900初次遇见的夜晚。

"Hi，康恩，你怎么了？晕船了吗？"抬头看去，一位穿着黑色燕尾服的绅士，站在寂静的大厅中，好似有一些居高临下地微笑着。

1900走到钢琴前，当流水般澄澈的音乐从指间倾泻而下，当他的快活与摇晃的甲板上旋转着的钢琴一起放纵任性，世界的一切仿佛都已消失，只剩下他自己、身边的康恩，还有那架钢琴，在属于他自己的天堂中游荡。时间停止了，海浪臣服了，眩晕消失了，彼时，只有音乐激荡着灵魂。

1900传奇性的故事很快便受到了人们的关注，当然，在这其中，还有对他不屑一顾的爵士乐鼻祖——杰里·罗。

"有人对我说，杰里，人们说在海上的维珍尼亚号上的一个人，弹琴弹得比你好。去吧，去让人们看看，你才是真正的钢琴家、爵士乐鼻祖，杰里·罗！"

人们的目光和照相机的镜头都集中在这位此刻的演说家杰里身上，配合着他的，还有周围人附和的笑和摄像头的"咔咔"声。

"那个家伙是个什么？他什么都不是！他甚至连那艘屁船都没下过……"

1900随意地趴在栏杆上，依然微笑着看着那名挑战者，像是在看一个笑话，一场与他无关的表演。

"你害怕吗？"

"我不知道。为什么要比赛？比赛了会发生什么？"

我曾听说过能真正做到无畏的只有两种人，一种是已经走到绝境的人，而另一种，是那种心灵纯净到澄澈的人。1900的无畏，则属于后者。

他不曾离开这艘船，不曾踏上陆地，也不曾领略世界的复杂。他的生命里，只有涤荡心灵的大海与音乐，以及装载着他灵魂的维珍尼亚号。他把音乐视作灵魂，视作一种美的享受，视作世间美与纯净的化身，从未掺杂其它东西，他甚至不明白为何要用"比赛"这么残酷的手段去给音乐制作一个框架，去束缚美的自由。

当人们在大厅起舞尽兴的时候，当1900与他的朋友们陶醉在演奏的快乐中的时候，幕墙上突然投射出一个高大的身影。人们停止了跳舞，乐队停止了演奏，所有人的目光，都集中在了这位前来挑战的爵士乐鼻祖身上。电影在那时配了一段略显滑稽的音乐，似乎是在嘲弄这位鼻祖可笑的行为。

就这样，静静地等待长大

杰里·罗，这位钢琴家，这位爵士乐的鼻祖，在众人的目光中悠闲地走到吧台前，饮一口酒，吸一截烟，用行为向人们炫耀着他那令人仰慕的身份和高贵的气质。酒杯"咣"的一声倒叩在桌上，他缓步走到钢琴前，对1900说：

　　"我相信，你坐了我该坐的位置。"

　　较量就在这样的氛围中开始了。

　　1900似乎并不急于去争输赢，坐在大厅里，像一名观众，陶醉于音乐，泪流满面。就在杰里越来越占上风的时候，就在这位钢琴鼻祖沾沾自喜觉得自己一定能取胜的时候，就在人们将更多的赞赏投给他的时候，1900突然一改之前悠然自得的状态，两指夹起一支烟走到杰里面前："这可是你逼我的。"

　　音符从他的指间如洪水般喷涌而出，又如瀑布般倾泻而下；吸烟的人忘记了吸烟；端着酒杯的人，酒杯从手中滑落，在地上撞击出清脆的声响，随即就又被琴声淹没；媒体呢，此刻也已经忘记为第二天的报纸头条拍下几张照片。

　　最后一个音符落下，1900轻轻夹起那根烟，触在琴弦上——烟，一刹那，被点燃了。

　　许久，人们才如从睡梦中惊醒一般，寂静的大厅里爆发出掌声和欢呼声。人们将1900高高地举起，而杰里，只能在落寞中悄悄走出大厅。

　　杰里下船的那天，1900依然像他来时那样趴在甲板的栏杆上，有些憎恶又有些鄙视地对着那个离开的身影说道："去他妈的爵士乐吧！"

爵士乐鼻祖杰里·罗趾高气扬地来，无地自容地走，他用自己一开始对1900的不屑一顾，换来了离开时1900对他的嗤之以鼻。掺杂了太多的音乐，注定了从一开始，就不会赢。

时间一点一点过去了，船来来回回往返着，船上的人走了，来了，走了。

再后来，战争来了，船废弃了，人们渐渐习惯了逃亡，遗忘了除生死之外的所有。

已经离开维珍尼亚号很多年的康恩在当铺知道了船要被炸毁的消息，但他相信，他的老朋友仍然在那艘船上。

这艘船在战乱的硝烟中，再也没有当初富丽堂皇的样子，但对于康恩来讲，这艘船满载着一段记忆——一段值得永久珍藏的记忆。

"时过境迁了，好吗老兄？"楼梯上，康恩听见底下的一名船工喊道。

"或许是吧。"

"你真的执意要上去吗？"

"是的，至少去看一看。"

康恩在已经破旧不堪的船舱大厅里，把磁盘放到了留声机上，音乐伴随着水的嘀嗒声在这个密闭的空间内开始蔓延。

黑暗的角落里，康恩看见了那个熟悉的身影。时光仿佛又回到了他们初次见面的那个夜晚——

"Hi，康恩，晕船了吗？"

那天的那个时间点，他们像所有离别多时再次见面的老朋友一样，面对面地坐下，在这艘只有他们两个人的维珍尼亚号上进行了一次谈话。康恩依然像过去那样劝说1900下船去看看，只不过与之前不同的是，每个人心里都明白，这次的下船与否将会是生与死的抉择。

1900静静地听着，等到康恩说完了，期待着他的回答的时候，1900说出了这么多年来心底的话，也是一段令所有人动容的话——关于钢琴，关于城市，关于生活。

语毕，康恩哭了，我这时才发现自己的眼泪早已喷涌。

那日傍晚，康恩和人们一起站在码头，看着装满炸弹的船在海的中央爆炸，那一刻，烟火绽放，好美。

当船的残骸沉入海底，1900会在海的最深处创造他的音乐，续写他的传奇，与生俱来的天赋会将海的澄澈注入他最深的音符。不论将会是多么动听的音乐，更或是多么令人感动的故事，我们都无从知晓了。

当初听过故事的人或许多年后会忘记那曾经令他沉默的故事，在码头见过那一刻烟火绽放的人或许也不会记得那日傍晚黄昏笼罩着的哀伤。但这一切对于1900来说，都已经不重要了，他只需如自己所愿，去奏响海底最纯净也最深沉的音乐。

是的，正如那个船工所说，时过境迁了，但总会有那么些东西，经过时间的洗涤，萃取出生命的精华，在光的照耀下，熠熠生辉。

伴随着电影的结束，康恩的故事讲完了。夜幕降临，我一人站在阳台窗前，泣不成声。

我很庆幸在一开始对电影并不了解多少，除了名字外几乎是一无所知，只是作为一个聆听者，在康恩的叙述中，去聆听一个似乎从来与我们无关的传奇，一点一点体会他最深的情感。

生活于康恩而言依旧在继续，1900是他最好的朋友，也是他命里注定的过客，带给了他弥足珍贵的记忆。他只需将1900的故事放在记忆的匣子里，坚固精神的脊柱，在遇见特别的人时，把故事讲给他们听。

"每个故事都会有结尾，然后再也没有更好的情节可以补充。"

1900用一生向我们讲了一个故事，这个故事结局虽然哀伤，但却是一个最好的结局，值得所有人去铭记——电影中的人们，抑或电影外的我们；它的情节虽然波折，却从未远离它的中心。

现实中的我们也许心底都有个1900的影子，但都会在生活中流离成杰里的样子。有一句话说"人人生来都是国王，但大多都在奔波中死去"。小孩子的懵懂和幼稚也正是最伟大的来源。我们无法像1900那样怀着最单纯的心愿去做一些事，更避免不了像杰里那样追名逐利，但我们至少可以面对一切保留一颗本心，偶尔除去那些浮躁与喧嚣，留给自己一些寂寞与宁静，让自己与世隔绝地，听听内心深处的声音。

海边的春天

世人说，你是一位上帝创作出的天才，你是一颗陨落了的彗星，但我觉得，你是一个始终与自己同在的人，你只是在用自己的步伐，漫步在属于自己的春天里。我爱你，正如你爱着海一样。

你是一个在农村长大的诗人，麦田、村庄、大地装点了你的童年，也将自然之中最质朴的诗意注入了你的心里。你说童年里的乡村生活足以让你写上五十年，我相信你绝对可以做到。当年幼的你独自坐在家门口的田间小路上，四月的阳光柔和地照耀着麦地，你看着麦子一点点发芽，好像看见了梦想照亮现实的瞬间。春天的阳光和麦田交织着，一笔一笔勾画出春天的轮廓，将那春天折射进了你的心里，倒映出了你心里的乌托邦殿堂。

"在五月的麦地，梦想众兄弟，看到家乡的卵石滚满了河滩；黄昏常存弧形的天空，让大地上布满哀伤的村庄。"麦地，是你梦想发芽的地方。

在十五岁那年，你走出了孕育了你和你的理想的麦地，那带给你生命和灵魂的地方，去了一个对于你来说，残酷而未知的世界。你不知道，在那里，你那颗诗意的心将会描绘出一个更富诗意的春天；你也不知道，在那里，你将一次一次感受刀枪刺入心脏的痛苦，你将一次一次看着鲜血在胸口流淌，你将一次一次满含怨气和苍凉地看着远方，直至你遍体鳞伤，步入那片只属于你的天堂。

我们希望去理解你，却只能从你的诗里去品读你，去体会你的浪漫，去感受你那颗热血涌动的心，去为你心中的苍凉和悲壮而沾衣拭泪。上帝创造了一个天才的你，赋予你一颗诗意的心，将你对这世界的爱与憧憬，以及你一次次受伤直至遍体鳞伤后的幽怨与凄凉，交织在你的孤苦无依中。

终于在一个星期五的黄昏时分，你登上了山海关，眺望着夕阳在天边将天空与大地点染成一片艳红，然后一点点消散殆尽。你知道，这将是你最后一次这么忧伤却饱含情感地观看落日，那天边落下的，或许不仅仅只有夕阳，还有你的挣扎与心中的凄凉。你知道，两天后的清晨，你将再次来到这里，那时，你的灵魂将会解脱，你将远离这喧嚣中的一切愁苦。

1989年3月26日，你终于走向了你灵魂归宿的地方，带着一生的信仰与执念。你平静地躺下了，那一瞬间，你感觉获得了重生。远处传来火车的汽笛声，身边是你最爱的四本书，风轻轻地吹过，恍惚间，你好像又回到了童年时的麦田，麦子从田地里发芽，阳光与麦田交织出的幻影与风一起拂过你的心间；你又或许知道，刚刚过了二十五岁生日的这天清晨，你的母亲正做着你最爱吃的桂花汤，用勺子一点一点搅动着，欣慰地看着你前些天给她的三百元钱，然后眯起眼睛微笑着眺望远方。

你走了，当火车突然停住的一刹那，一颗彗星在这尘世中陨落，一位天使微笑着在天堂张开了翅膀。"从此再不提起过去，痛苦或幸福，生不带来，死不带去。"我们在朦胧中看着你的背影渐渐远去，直至消失在地平线的最深处。我知道，你去了一个你幻想中的地方，那里我们无法踏入，那里有你的麦田，有你的春天，有你的大海，有你的乌托邦，你将永远、永远漫步在天堂——那从不属于我们的天堂。

时光的巧合早已将你的人生写进了你的乳名，而你又用心灵坚定了你一生的信念——海子，你永远遨游于你的乌托邦，带着一颗海一般澄澈而空灵的心。

世事险恶，你只愿"面朝大海，春暖花开"……

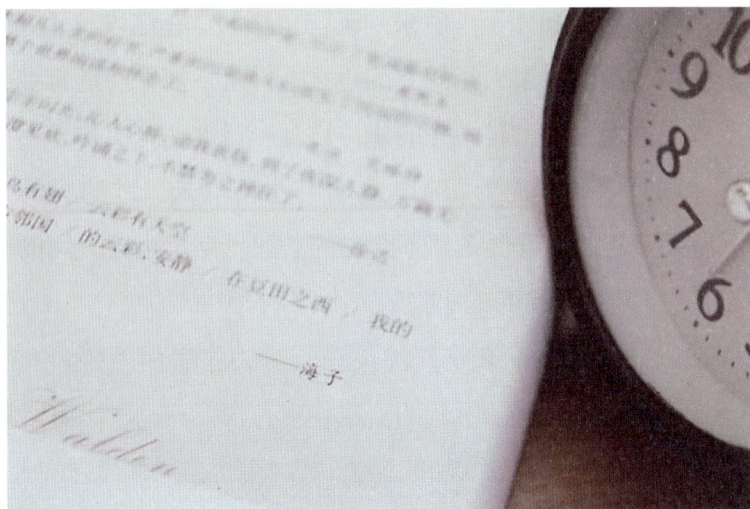

天蓝色的彼岸

提及死亡，我们往往心生畏惧，因为它代表着人生的终结，代表着离此刻的鸟语花香或风吹雨打远去，代表着这世上的一切都已与你无关。

但在《天蓝色的彼岸》这本书里，却全然不是这样。

小男孩哈里出车祸死了，后来到天国里排队。在这段"死"的过程中，他心中总放不下对家人和朋友的思念，并且，他发现还有那么多和他一样的幽灵，因为还没有做完的事，日复一日地在这黄昏永不褪去的地方飘荡。阿瑟手中紧握着纽扣，为着与生前从未见过的妈妈相拥；"呜呕"游荡万年，为着他人都不明白的心愿；斯坦坐在人间的电线杆上，为着寻找自己总期待着的小狗……

活人在人间为逝者而哀伤，幽灵在天堂为生者而困顿。去往天堂后，当一个人变成幽灵后，所剩的，也许只有思念——思念着大地上的一草一木，思念着微风吹拂面颊的感觉，思念着远方为你思念的人。

就这样，静静地等待长大

扩

死后，所有的一切都将归于平静，平静中，会突然发现，生命原来如此简单而纯粹，生前的种种矛盾与复杂，同生命的本质都融为了纯粹的一体。行走在天堂，置于生命之外，回忆着生命的历程，仿佛一切都是戏剧，那些生前复杂的事，于生命而言，无伤大雅，无关紧要，只是组成生命意义的一部分。过往种种，犹如昨天，在天堂依然铭记着的，只剩爱与光辉。

有一种思念是等待，那是在黄昏不褪去的地方，游荡的人心中的思念；有一种思念是找寻，那是哈里和阿瑟跑过文书桌返回人间的思念，去往人间，是为了寻找一些人，是为了让生者不再悲痛。生活在人间的人，也同样思念着你，通过泪水，通过笔记，通过伫立，无论你是否知道。那时你才会明白，当生命尽头时，不快和愤恨都会随生命的完结而灰飞烟灭，只剩最真切的情感同灵魂得以继续延续。没有那么多道理，希望和生命至暖。

人的意念是强大的，阿瑟用意念控制了那台老虎机，哈里用意念操纵了那片枫树叶和杰菲的圆珠笔。在和姐姐雅丹告别时，他把她的思想，他所有的思想，都集中在那支铅笔上，写下了他的思念，他的抱歉，他的道别。

意念来自内心，强大的意念来自于强大的内心。一位成功的艺人说过一句话，"认准了就勇敢地开始，当你说'我就是要做这件事，多困难我都不在乎'时，老天爷就会开始支持你了。"勇敢，代表着一种力量，勇敢本身，本就是一种力量。当你开始深入地思考并且坚定地相信时，那件事情的可能性才会慢慢地显现。许多事情，因为相信才会存在。

在天国里排队的人，有的为生命的结束而愤恨，有的为自己身处在这里而遗憾，有的为生命的无憾而欣慰。

在一片抱怨和责备声中，一个老人轻轻地说道："我过了很长时间，这一生过得很好。到头了，我已经活够了，我的朋友也都去世了。我很高兴，现在到了这里，如释重负。"

老人的话，是一个经历过坎坷、无奈、风雨和欢乐、喜悦、幸福之后的人，对人生的满足和释然。她的心同前方一样，是一片安宁与澄澈。

在天国游荡，重回人间，再回到"另一个世界"，就这样，哈里完成了自己的心愿；阿瑟早已乘彩虹回到这里，他找到了妈妈，通过那枚纽扣——那枚纽扣和他妈妈衣服上的纽扣一模一样。

心愿还未实现的幽灵，满怀思念与期待地仍在飘荡，了无牵挂的幽灵起程去往天蓝色的彼岸，"朝着那永恒的日落方向走去，夕阳的余晖既不明亮刺眼，也不漆黑一片"。所有的一切，都得以圆满。

生命融入无边的大海，就像落叶归根，孕育出新的生命与思想，世代轮回。一切终将释然，不是那种带有无奈的释然，而是"不好不坏"的一种释然——彻彻底底的释然。所有的一切，都会变得温暖和美好，只剩爱与希望，粼粼出生命之海的一片蔚蓝。

再见，哈里，谢谢你，让我们看到天蓝色的彼岸……

根　鸟

我国的儿童文学作家曹文轩，在2016年获得了国际安徒生文学奖。

前两天，姥爷突然问我："你知不知道有一个叫曹文轩的作家？专门写儿童小说的。"我说："当然知道。"姥爷接着说："他去了中央电视台的那个《朗读者》。他写过一本叫《草房子》的书，很多都是根据他个人经历写的。他小时候得了一场病，脖子上起了一个肿块，好多大夫都说没治了，他爸爸背着他到处求医，最后在上海的一个地方找到了一位大夫，那个大夫说绝对能治好，后来他的病就好了。"

——这，我当然知道。

小学四年级的时候，学校要求我们读曹文轩的作品，统一从出版社定购。后来好像出版社把这件事告诉了曹文轩，再后来曹文轩就来到了我们学校。

我的小学是一所民办小学，教育水平非常高，学校常常从外面定一批书让我们挑选着看。我们班的班主任是语文老师，她也常常会让我们选一本书，然后利用午休时间把书上的文字念给我们听。小学时印象深刻的那些书，就是杨红樱的《淘气包马小跳》和《笑猫日记》、郑渊洁的《皮皮鲁总动员》、托马斯·布热齐纳的《冒险小虎队》，还有就是曹文轩的一些小说。

当时在学校多功能大厅将会举办一场座谈会，可以现场听这位作家讲话，名额不多，每班最多只有十个名额。对于我们班的人选，老师的要求是"期中考试总成绩在班里前十，并且语文成绩在90分以上的"。由于这一件特殊的事情，我现在都还记得自己当时的成绩——总成绩班里第九，语文成绩90.5分。我们每个人带了一个本子和一支笔，去了多功能厅，满是期待地想要接受老师们口中的"大师"的文学洗礼。

那天下午，不出我们所料，语文作业的其中一项就是写一篇对于讲座的感悟。

语文老师非常生气地对我们说她心中的不满：第一，我们写的文章完全是胡闹，根本没有用心去写；第二，我们班一位同学的家长邀请曹文轩与班里同学晚餐时和同学们聊聊关于文学的话题，然而最终只有一位同学报名。那天，我想来想去要不要报名，想着父母应该晚上没时间，而且作业又那么多，就算了，不去了。

再下来的一天，老师说，我们重写的文章写得都还不错，并且前一天晚上吃饭的同学和曹老师都很开心，也学习到了很多东西。那个时候，我有一些隐隐的后悔。

接下来的几天，学校里似乎掀起了一阵"曹文轩热"，又从出版社进了一批书让我们挑选着买。我怕父母不同意，嫌我乱买书，于是用一节课间拿着电话卡，用那个在墙上挂着的电话给妈妈打了电话，没想到，妈妈很爽快地说："行，你自己挑吧。"于是，我就挑了《我的儿子皮卡》的第三本和第四本。

学校为了提高学生的阅读量，每班又另外分了《根鸟》《草房子》《山羊不吃天堂草》和《青铜葵花》，每种十四册，共五十六册。老师读了简介后，几乎所有人都想要《根鸟》，没办法，只有每组派代表来抽签决定，我们组分得了《山羊不吃天堂草》。

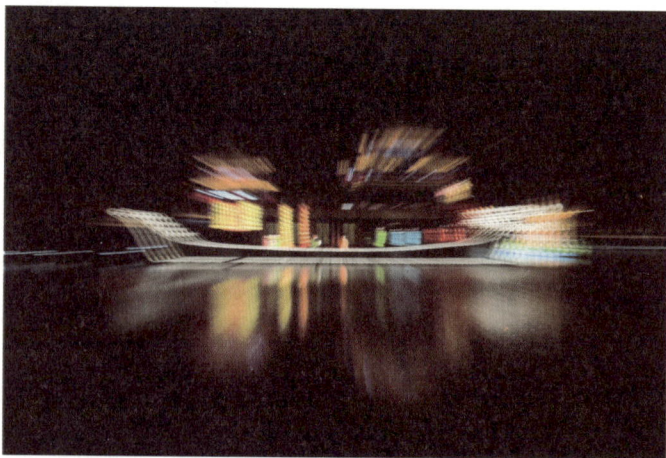

就这样，静静地等待长大

后来老师中午读的故事书，名字叫作《根鸟》，我们总会因他的艰难而难过，也总会因他的坚强而沉浸。再后来老师不读了，我们四个小组的同学私底下互相借阅，而那本《根鸟》，则是所有人都想看的。

在换得《根鸟》的那天，我迫不及待地在晚上写完作业后开始翻看。那三天，我几乎无心学习，常常在课堂想起书里的情节，然后提心吊胆地猜想下面的情节。甚至于在晚上快要进入梦乡的时刻，我仍在想象着，自己拥有无穷大的力量，可以把每一个奸诈邪恶的人碎尸万段。在第三天晚上，我翻到了书的最后一页，当看到结尾根鸟来到了他梦里的那个大峡谷、抬头看到翱翔着的白鹰时，心里有一种莫名的感动与回味。

很长时间后，我偶然在清理房间时又翻出了当时的作业本，看到了自己之前在听完讲座后写的那篇文章，看到了自己笔下记载的那个令在场很多人乐了的儿歌——

一九九一年，我有一分钱，

日本老大爷，给我一支笔；

什么笔？毛笔；

什么毛？羊毛；

什么羊？山羊；

什么山？高山；

什么高？年羔（高）；

什么年？

一九九一年，我有一分钱。

看着看着，我就又想起了当时曹文轩在讲台上说的话："你们看过《草房子》了吗？那个名叫桑桑的男孩，就是我。"

我常常一时兴起买一些书，但很多书不是买来就看的，放在那里，不知哪天一时兴起就看了。

似乎是在小学六年级的时候，妈妈从书店买来了《我的儿子皮卡》的后续系列。时隔两年，再版的书已经换了样子，但是一套书搁在一起，封皮上都写着"我的儿子皮卡"。

初一第一学期那会儿，在我熟睡休息前，妈妈拿着《我的儿子皮卡》给我念，连续了几天，有时读得多，有时读得少。如今，我早已忘了书里的内容，但我记得，在《影子灰狗》快结束的那天，妈妈读着读着就哭了，我也听着听着就哭了。当妈妈读完最后一句，"皮卡一个人关上门躲进房里，边哭边喊'汪汪'"时，妈妈一下子停下了，我和妈妈两人在床上泣不成声。

刚在沙发上坐着，突然想点开看看《朗读者》上曹文轩的视频。

"您的那本《草房子》，光印刷就将近三百次，销售了一千多万册，可以说创下了中国出版界的一个奇迹。《草房子》那个故事里边的桑桑和他的父亲桑乔，这两个人物，是以您和您父亲为原型的吗？"

"你完全可以把里头的桑桑看成一个叫曹文轩的男孩，当然也可以把那个小学校长桑乔看成是我的父亲。"

……

就这样，静静地等待长大

"但是您考上了北大之后，可能也面临着和父亲、和故乡的第一次告别。"

"当时家里非常非常贫穷，穷到我连一个随身的箱子都没有。然后他有一块珍藏了许多许多年的木材，我至今也不太明白，这块木材他留着是干什么用的。我当时就只是觉得，他好像有一种预感，他的儿子有一天要上路，他的儿子得有一只箱子，所以他就请那个木匠把他珍藏了很多年很多年的一个木材，给我做了一个非常非常漂亮的箱子。我去北大对他来讲，是他一生的荣耀，然后那个时候，他要做的唯一的一件事情，就是怎样让他的儿子体面地上路、去远方。"

"我记得在小说当中，有一个细节我特别难忘，就是桑桑得了一种很奇怪的病，然后他的父亲和他都以为是绝症，很难治。这是也是您小时候遇到的事情吗？"

"这完全是真实的事情。我十四岁，就是我脖子上有一块肿块，然后医院、城里医院诊断为不治之症。我记得，回到家，路过一个邻居家门口，我叫她二妈，二妈就问我爸爸，说，'校长，宝宝的病没有事吧？'我父亲本来是一个非常强大的人，你知道吗，可是就在那一刻，他崩溃了，眼泪唰就下来了，说，'二妈，我没福气。'从那个时候我就知道，我可能要离开这个世界。很长一段时间，我一直在想象着那个告别。接下来的事情，就是我父亲背着我出去，到处求医。当人们看到我父亲不停地把我背出去，又不停地背回来的时候，他们想到了，其实在我父亲的心中，有比他个人荣誉更重要的事情，就是他的儿子。"

"你的生命。"

"对。"

"最后他把我带到了上海，有一个老大夫，他看了看，非常有把握地告诉父亲说，这只是淋巴结核，会好的。父亲听到这个结论，再一次地泪流满面。这一个虚拟的告别，其实让我更深切一理解了生死，理解了告别，理解了爱。"

沉默后，台下一片巨大的掌声。

"人生就是这样的，那是一次虚拟的告别，可是未来，也会遇到真实的告别。"

"对，这就是我父亲的去世。那是1997年11月17日，我正在家里看书，我的大妹夫从盐城给我打来一个电话，他在电话里告诉我说，'哥，爸爸心脏病犯了，爸爸要跟你说话。'我父亲就在电话的那一头，声音听上去并不是很痛苦，但是很微弱。他说，我会好起来的，你不要急着往家赶。他说，你就写你的东西，在他的印象中，我这一辈子，做的一件事情就是写东西。他说，人家都说，文轩是一个大孝子，这是他留给我的最后一句话。然后我就赶紧收拾东西。我正要打开门走的时候，电话铃响了，我拿起电话，一片哭声。大妹夫在电话那头告诉我说，爸爸他走了。"

又一阵沉默。

"这不是分别，是诀别，是分别里头最让人无法接受的告别。"

沉默，掌声。

……

"这个大自然就是在这样一种告别中，完成它的季节轮替的。其实人类社会也一样，其实这个天空下，不是山，不是水，是满满的、各种各样的告别，就像过一会儿一样，我要和一位叫董卿的女士告别。我是一个作家我知道，文学写了上百年、上千年，其实做的就是一篇文章——生死离别。"

　　……

　　视频播放完，泪已潸然。我没想到，当年他在讲台上轻描淡写的一句，"你们看过《草房子》吗？那个名叫桑桑的男孩，就是我"，在舞台上说来时，竟会如此催人泪下。是故事，亦是成长。

　　这么长时间过去了，我现在再看到曹文轩，第一眼能想到的，却仍是当时脑海里所想象到的场景——根鸟来到了他梦里的那个大峡谷，抬头看到了翱翔着的白鹰。

惟

学了司马迁的《项羽之死》，我真的想写些什么。

项王军壁垓下，兵少食尽，汉军及诸侯兵围之数重。夜闻汉军四面皆楚歌，项王乃大惊曰："汉皆已得楚乎？是何楚人之多也！"项王则夜起，饮帐中。有美人名虞，常幸从；骏马名骓，常骑之。于是项王乃悲歌慷慨，自为诗曰："力拔山兮气盖世，时不利兮骓不逝。骓不逝兮可奈何，虞兮虞兮奈若何！"歌数阕，美人和之。项王泣数行下，左右皆泣，莫能仰视。

于是项王乃上马骑，麾下壮士骑从者八百余人，直夜溃围南出，驰走。平明，汉军乃觉之，令骑将灌婴以五千骑追之。项王渡淮，骑能属者百余人耳。项王至阴陵，迷失道，问一田父，田父绐曰"左"。左，乃陷大泽中。以故汉追及之。项王乃复引兵而东，至东城，乃有二十八骑。汉骑追者数千人。项王自度不得脱。谓其骑曰："吾起兵至今八岁矣，身七十余战，所当者破，所击者服，未尝败北，遂霸有天下。然今卒困于此，此天之亡我，非战之罪也。今日固决死，愿为诸君快战，必三胜之，为诸君溃围，斩将，刈旗，令诸君知天亡我，非战之罪也。"

乃分其骑以为四队，四向。汉军围之数重。项王谓其骑曰："吾为公取彼一将。"令四面骑驰下，期山东为三处。于是项王大呼驰下，汉军皆披靡，遂斩汉一将。是时，赤泉侯为骑将，追项王，项王瞋目而叱之，赤泉侯人马俱惊，辟易数里。与其骑会为三处。汉军不知项王所在，乃分军为三，复围之。项王乃驰，复斩汉一都尉，杀数十百人，复聚其骑，亡其两骑耳。乃谓其骑曰："何如？"骑皆伏曰："如大王言。"

于是项王乃欲东渡乌江。乌江亭长檥船待，谓项王曰："江东虽小，地方千里，众数十万人，亦足王也。愿大王急渡。今独臣有船，汉军至，无以渡。"项王笑曰："天之亡我，我何渡为！且籍与江东子弟八千人渡江而西，今无一人还，纵江东父兄怜而王我，我何面目见之？纵彼不言，籍独不愧于心乎？"乃谓亭长曰："吾知公长者。吾骑此马五岁，所当无敌，尝一日行千里，不忍杀之，以赐公。"乃令骑皆下马步行，持短兵接战。独籍所杀汉军数百人。项王身亦被十余创。顾见汉骑司马吕马童，曰："若非吾故人乎？"马童面之，指王翳曰："此项王也。"项王乃曰："吾闻汉购我头千金，邑万户，吾为若德。"乃自刎而死。

概括文章内容，老师把全文分为"垓下被围""溃围之战"和"自刎而死"三个部分。翻译完全文，老师说，其实写项羽之死的，只有一句话，就是那最后一句简简单单的"乃自刎而死"，没有任何描写，我们无法知晓他死时的神态与衣着。真正与题目相关联的，只是最后那一点，但前面的全部内容，都在为项羽的死作铺垫。

项羽自己吟诵诗句，"力拔山兮气盖世"是他自身力量的体现，"时不利兮骓不逝"是他对时间的缅怀，"骓不逝兮可奈何"是他英雄自惜的象征，"虞兮虞兮奈若何"是一位俊才豪杰对美人的不舍。一句话来说，这是一位霸王对生命的不舍。

楚汉相争，留下了一段壮阔而悲凉的历史，我们常会回望历史，试图寻找造就历史的蛛丝马迹——兴许，历史的趋向，早在鸿门宴中便有了结论。刘邦重利，而项羽重义，英雄自我的信仰成就着他的传奇，也奠定着历史的轨迹。韩信曾说："项王见人恭敬慈爱，言语呕呕。人有疾病，涕泣分食饮，至使人有功当封爵者，印刓敝，忍不能予，此所谓妇人之仁也。"重情重义之人，大多都死于自己的情义上。他在垓下被围时，依然能率领将士们与敌人拼杀；他在东渡乌江、在生死抉择时，他亦成全了吕马童。他所向披靡，他英勇善战，他也侠骨柔情。

　　老师说，如果项羽没有迷路，那么他是能够活着走出来的；如果那个农夫没有欺骗他，那么他是能从另一个方向找到路的；如果他听了农夫的话，但那边却没有大泽的话，那么刘邦的军队也不会追赶上他。然而历史就这么上演了，三个联系就这么紧密地发生在了一起，所以这位英雄认了，他"自度不得脱"，并告诉自己的士兵"令诸君知天亡我，非战之罪也"。即便这样，他仍选择誓死一搏，在死之前作最后的抵抗。乌江亭长檥船而待，愿用自己的独舟送他渡江。亭长没有错，这也正是我们都所认为的——活着吧！活着便可东山再起。但于英雄而言，包羞忍辱地活着是生命的枯萎，与其羞愧而活，不如无愧而死。我们常说，项羽是个悲情的英雄，他的悲情，体现在他认命但不服命，体现在他人生没路悲悯之情，体现在他生命毁灭时的不忍与决绝。我们再作另一个假设，假如项羽渡江了，假如在他甘愿在江东称王，假如他忍气吞声地期待某一天自己东山再起，那么，汉军便会渡江了，汉军不会为自己留下祸患。等到那个时候，杀戮与劫掠在江东大地上肆意，受苦受累的也将会是他的乡亲、他的江东父老；等到那个时候，谁胜谁负、谁王谁寇，我们都很难再去猜测——只不过可以肯定的是，等到那个时候，项羽也不再会是我们此刻所敬佩的那个悲情的英雄了。项羽终究是项羽，悲情也终究是属于他的悲情，他怎可让江东父老再受妻离子散、流离失所的生活？我们悲悯着他的命运，可历史，却感叹于他的悲痛！韩兆琦教授曾说，"他要用自己的死来殉自己的事业，来殉自己的部下，来殉一切曾经支持过自己、拥护过自己的千千万万民众，也包括两千年来读这段历史的千百万读者。"是的，他把心中的情义给了天下，立于情义，也终死于情义。这样的项羽，让数个世纪后的李清照缅怀，吟诵出那一句悲怆而刚性的"至今思项羽，不肯过江东。"

司马迁在《史记·项羽本纪》中也记录下这样一个故事：项羽年轻时与叔父项梁遇见秦始皇的巡游车驾，仪仗万千威风凛凛，路人纷纷低头避让，唯项羽抬头直视圣驾。叔父怕他闹事，拉他低头。刘邦道："大丈夫当如此。"项羽道："彼可取而代之。"项羽真的不想称王吗？他期待，但他心中所要的王，不是权利的象征，而是个人价值的最好诠释。

书本上印着《项羽之死》，我们除过感叹项羽的悲情以外，我们也应敬仰司马迁的英勇。在《史记》中，司马迁是按照人物角色而分类的，但有两个人物的分类令人十分诧异，一个是被列入"本纪"帝王行列里的项羽，一个是被列入"世家"门第高贵行列里的孔子。在中国历来的军事和

就这样，静静地等待长大

政治斗争中，都遵循着"成者为王，败者为寇"的理论，这一点在古代更是显露无遗。而作为史学家的司马迁，却摆脱了时代道德的束缚，将失利之人列入了"本纪"。在司马迁看来，项羽曾分封土地，享有了天子的权利，所以理应让后世子孙了解到"西楚霸王"心中那帝王将相的胸襟。他虽是汉的臣子，但他却不愿成为那徒有虚名的汉代史学家。不虚美、不忍恶，春秋笔法、秉笔执书，他用实际的客观真实，还原每个人物的形象，我们怎能不敬仰他那不被皇权所震撼、秉笔执书的巨大勇气啊？！他认可项羽的英勇仁爱，但他也批评项羽的性格缺点——在论赞中，他说"政由羽出，号为霸王；位虽不终，近古以来，未尝有也"；在文章中，他也说项羽"自矜功伐，奋其私智而不师古""欲以力征，经营天下，……身死东城，尚不觉寐，而不自责，过矣。"至于孔子，后来儒家称誉他为"素王"，即有王者之道，而无王者之位。中国近代国学大师南怀瑾先生曾说，"孔子了不起的地方，除了他的学问、道德、修养以外，还有他在当时的确可以推翻任何一个国家的政权取而代之，但他绝不这样做。为什么呢？他认为这样影响并不久，不是千秋万代的事业，要影响得悠久而博大，不在于权力，而在于文化与教育。所以后来儒家称誉孔子为'素王'，这是真正的王。所谓'素王'，就是没有土地、没有人民，只要人类历史文化存在，他的王位的权势就永远存在。称孔子为'素王'，与佛教中称释迦牟尼为'空王'是同样的道理。他不需要人民，不需要权利，

扶

而他的声望权威与宇宙并存。"我想，这也许正是司马迁所想。

清朝吴见思评价这篇文章："一腔悲愤，万种低回。地厚天高，托身无所，写英雄失路之悲。至此极也！"

在《报任安书》中，司马迁对友人说尽了心中的悲痛与胸怀的壮志——

古者富贵而名磨灭，不可胜计，唯倜傥非常之人称焉。盖西伯拘而演《周易》；仲尼厄而作《春秋》；屈原放逐，乃赋《离骚》；左丘失明，厥有《国语》；孙子膑脚，《兵法》修列；不违迁蜀，世传《吕览》；韩非囚秦，《说难》《孤愤》；《诗》三百篇，大抵圣贤发愤之所为作也。此人皆意有所郁结，不得通其道，故述往事，思来者。……亦欲以究天人之际，通古今之变，成一家之言。

在临近下课的时候，老师给我们念了这样一段话："写项羽垓下悲歌中的铁血柔情，东城快战中的骁勇善战，乌江自刎前的知耻重义，无疑是在为他悲剧的结局蓄势。惟其有不舍，有生命的留恋；惟其有神勇，有生命的激情；惟其有生路，有渡江的可能，对死亡的选择，才能更彰显项羽之死的悲剧感和震撼力，也才能更令人悲慨至极。"

司马迁忍辱负重终为世代敬仰，呕心沥血终成就一家之言。他没有辜负他的耻辱，更没有辜负他的信念。

不论是项羽、孔子，抑或是记载他们故事的司马迁，都用隐忍与执著诠释了生命的尊严、生命的历练和生命的可贵。史书中记载的、历史所流传的，都是生命的意义，而那生命的震撼力，世世代代深入人心！

执 念

海浪无声将夜幕深深淹没，
漫过天空尽头的角落。
大鱼在梦境的缝隙里游过，
凝望你沉睡的轮廓。

——周深《大鱼》

"有些鱼注定不属于大海，它们属于天空。"
这是《大鱼·海棠》开始时的一句话。

2016年的夏季，《大鱼·海棠》在影院上映，随后就经常看到或听到这句话。等到我看这部电影时，已经是几个月后的事情了。当然，那时候电影已经下映，我只是拿着手机，把屏幕调到最大，看着画面一帧一帧出现。

"我们是谁？我们从哪里来，又要到哪里去？没有人关心这个问题。人们日复一日地工作，日复一日地笑、抱怨、买东西、吃饭、睡觉。一百年过去了，我已经一百一十七岁。每一次，我告诉人们，所有活着的人类，都是海里一条巨大的鱼，我们的生命就像横越大海。没有人相信我，都说我老糊涂了。可是每一次在梦里，我都清楚地看到一群大鱼从天而降，听到他们呼唤的声音，那些美好的声音唤醒了我的回忆。"

这是椿的自白，也是一个有待我们所有人思考的未解之谜——

我们是谁？

除了名字，谁能知道该如何定义自己？

伊塔洛·卡尔维诺在《未来千年文学备忘录》中说："我们是谁？不就是我们获取过的经验、得到过的信息、阅读过的书、做过的梦的复合体吗？一个生命就是一部百科全书、一座图书馆、一份物品清单、一系列的风格，它可以不断地被重新排列，不断地被重新组合，以一切你想象到的方式。"

也许，这真的也就是我们吧。

　　她是椿，是这部电影里最灵动的人物。"椿"，是她的名字；她倾尽全部所守护的，是她的大鱼——鲲。

　　成年是每个人都要经历的，对于他们而言，成年意味着去体会人间。但无论如何，成年，对每一个生命来说，都意味着改变。

　　"我独自在人间游历，我遇见巨大的帆船，看见星空一样的灯火，我还看到人们在许许多多纸船上点着蜡烛，为逝者护航，让他们的灵魂能顺着江河回归大海。"

　　这是人间，是她的经历，也是一种注定——注定她的命运，注定她会了解更多的真谛。

　　也许是意外或偶然，也许是命中注定。海浪翻涌，鱼网将她困住，那个青年渔夫不顾一切跳入水中将她救起，也为此而付出了生命。暴雨如注，风雨交加，他的妹妹的哭声响彻天际，也响在了她心里。

人类死后的灵魂会留在如升楼，化作一条鱼，由灵婆看管，但椿执意要救出他，只因为他的妹妹在等他。

天行有道，逆天而行是会受到严厉的惩罚的。灵婆对她说："我告诉你什么事最可悲，你遇见一个人，犯了一个错，你想弥补、想还清，到最后才发现，你根本无力回天，犯下的罪过永远无法弥补——我们都无法还清犯下的错。"

难道因为成功的概率太小，需要经历的磨难太多，我们就不尝试了吗？椿有法力高深的爷爷，有掌管百鸟的奶奶，有能控制海棠花生长的妈妈，她本可以享受安逸的生活，但因那一次偶然或是注定，因那一个在心中生了根的执念，她选择了放弃，去放手一搏，去执著地追寻。

她叫"椿"，她有一个如哥哥一般的朋友，名叫"湫"。

"北冥有鱼，其名为鲲。鲲之大，不知其几千里也；化而为鸟，其名为鹏。鹏之背，不知其几千里也；怒而飞，其翼若垂天之云。"湫用古书上的话，为椿的大鱼取名为"鲲"。

是的，天行有道，逆天而行是会受到严厉的惩罚的。连日暴雨，海水倒灌，夏日飞霜，季节错乱，种种的一切，都预言着一场大的灾难。逆天而行，注定要经历太多。事因难成，所以才显得可贵。

湫为了保护椿和她的大鱼而中了双头蛇的毒，椿的爷爷拼尽全部法力救活了湫，也知道了椿的秘密，而自己却将化为一棵树，在与椿的奶奶相遇的那个地方。当椿流着泪说"对不起爷爷，是我害了你"时，椿的爷爷说出了整部电影里最感人的话——

"万物都有它的规律，谁都要过这一关。我知道你在做一件危险的事，所有人都会反对你。只要你的心是善良的，对错都是别人的事。照着自己的心意走，爷爷会化作一棵海棠树，和奶奶一起，永远支持你。"

当椿在如升楼从灵婆那里换回了鲲的生命时，她的生命便同它连结在了一起。她必须时刻保护它，直到它长成大鱼，重回人类世界，才能死而复生。一旦上路，她就不能回头，否则它的灵魂就会永远消散。

鲲是椿的执念，椿是湫的执念。椿换回了鲲的生命，而湫又换回了椿的生命——"如果不快乐，活再久又有什么用呢？"生命里，其实我们往往最看重的，也是我们往往最容易忽略的，就是那种发自内心深处、苦苦追寻着的快乐。湫背叛所有的天神去爱椿，椿背叛所有的生灵去守护鲲，但他们的背叛，都是为了那久远的、让人幸福的执念。

当海天之门开通时，当鼠婆带着所有罪孽深重的老鼠们飞出去时，当海水淹没世界时，椿对她那条大鱼、那条竭尽所有去保护的大鱼说："从认识你，到和你性命相连，我从来没有后悔过。"

海水从天空流淌下来，爷爷化成的海棠树枯萎了。看着因对海水的恐惧而向高处走去的人们，看着灾难将世界毁灭，她说："这都是我犯下的错，我不能看着大家为我受苦。爷爷，我来找你了。"

坠入水中，拥抱着爷爷的枝干。直至与大树融为一体。海棠树又长高了，却比先前更为茂盛。水不再流淌，世界又恢复成先前的模样。海棠花一朵朵落下，飘浮在水中；大鱼在这一片艳丽中穿梭，咬下一截树枝，送到久等的灵婆那里。

"你救了大家，但你已经失去了法力，不再属于这里了。灾难让海陆相连，往南走就能去往人间。"

离别时，椿坐在大鱼的背上，转过身对灵婆说："谢谢你。"

灵婆说："不用谢我，我只是个生意人。"

是的，他不过就是个生意人，这么多年都没还清当年欠下的，是因为他真的还不够。初次见面时椿被打断的那句话，我们从她的行动中明白了后面几个字的意义。在送走大鱼的前一天晚上，椿仰望星空，说："每次抬头看天空，都感到一种召唤。"召唤来源于天空，也来源于她心里最深的执念。

椿送走了大鱼，湫又用自己，送走了椿。

"我们会重聚的，无论变成什么模样，我们互相都会认得出来。"

"有的事情是会有感应的，从登上这艘小船开始，我就知道，我的命运改变了。"也许从一开始就注定，这一场命运的改变，就是她与生俱来的命运。

"北冥有鱼，其名为鲲。鲲之大，不知其几千里也；化而为鸟，其名为鹏。鹏之背，不知其千里也；怒而飞，其翼若垂天之云。是鸟也，海运则将徙于南冥。南冥者，天池也。"这是鲲名字的来历。

"上古有大椿者，以八千岁为春，八千岁为秋。"在电影结束的时候，屏幕为我们揭示了椿和湫名字的来历。

这两段话都出自《庄子》的首篇《逍遥游》，它的主题是追求一种绝对自由的人生观。作者认为，只有忘却物我的界限，达到无己、无功、无名的境界，无所依凭而游于无穷，才是真正的"逍遥游"。在

《逍遥游》这篇文章中，蝉和小斑鸠用自己的碰到榆树和檀树就停止，嘲笑鹏凭借风力要飞九万里到南海去；不知道黑夜与黎明、朝生暮死的菌草，和不知一年时光的春生夏死、夏生秋死的寒蝉，无法体会楚国南方把五百年当作一个春季、把五百年当作一个秋季的灵龟，和上古时代把八千年当作一个春季、把八千年当作一个秋季的大椿的长寿。它通过大鹏与蝉和小斑鸠的对比，阐述了"小"与"大"的区别，再通过"有所待"而不自由的生灵引出了"至人无几，神人无功，圣人无名"的道理，最后通过惠子与庄子的"有用""无用"之辩，说明不为世所用才能"逍遥"。

庄子天才卓绝，聪明勤奋，"其学无所不窥"，并非生来就无用世之心。但是，"而今也以天下惑，子虽有祈向，不可得也"。一方面，"窃钩者诛，窃国者侯"的腐败社会使他不屑与之为伍；另一方面，"王公大人不能器之"的现实处境又使他无法一展抱负。人世间既然如此污秽，"不可与庄语"。他追求自由的心灵只好在幻想的天地里翱翔，在绝对自由的境界里寻求解脱。正是在这种情况下，他写出了苦闷心灵的追求之歌——《逍遥游》。

这是百度词条中的《逍遥游》的创作背景。

"逍遥游"是庄子的人生理想，是庄子人生论的核心内容。逍遥游就是超脱万物、无所依赖、绝对自由的精神境界。庄子的逍遥游是指"无所待而游无穷"，对世俗之物无所依赖，与自然化而为一，不受任何束缚，自由地游于世间；强调从宇宙的高度来把握人的存在，使人的精神从现实中升华，并且破除自我中心，从故步自封、自我局限的狭隘心境中解脱出来，以免在平庸忙碌之中迷失和异化了自我。

一句话来概括，《逍遥游》的主旨就是追寻自由。

《大鱼·海棠》的全部思想，也许就是"逍遥游"。"八千岁为春，八千岁为秋"，如果把"春"换成"椿"，把"秋"替换成"湫"，可以理解成，椿的长寿，实际是因为湫的生命的永久。她前一段生命在活实实在在的自己，后面那的大段生命，凝结着湫的生命。实实在在的椿与鲲的生命融为一体，而后半生，她的生命与湫也已经再难分开，就像春秋，"春去秋来"，互补并且交替，尽管他俩已经天水永隔。

"自其不变者而观之，则物与我皆无尽也"，这是生命的生生不息和爱的永恒。

影片的结局是，鲲游过了大海，化为人形，在人间的海滩醒来；而

椿也载着湫的生命，去往了鲲本应该在的人间；湫呢，成为了灵婆的接班人，永远地守护着如升楼里逝去的生灵。叙述故事时，椿已经一百一十七岁，她用属于自己的那段生命，诠释了自己开篇时的那段自白，结尾时，她说出了自白最终的谜底：

"你相信奇迹吗？生命是一场旅程，我们等了多少个轮回，才有机会去享受这一次旅程。这短短的一生，我们最终都会失去。你不妨大胆一些，爱一个人，攀一座山，追一个梦。是的，不妨大胆一些，很多事我们都不了解，很多问题也都没有答案。但我相信，上天给我们生命，一定是为了让我们创造奇迹的。"

看完电影，翻看底下的评论，原以为这部电影会收到绝大多数的好评，却没想到差评依旧不少。其中一条说："剧情真的很烂，椿的自私贯穿整部剧情，她不在乎父母失去女儿的痛苦，不在乎爷爷的牺牲只是想让宝贝孙女得偿所愿，不在乎从小陪伴自己长大的湫对自己付出的感情甚至是他的生命。为了一己之私，摧毁了家园；为了一己之私，践踏了所有对自己好的人的感情。如果叛逆、自私就是导演想表达的爱情，我无话可说。"

不过值得庆幸的是，评论里更多的，是感动和理解："椿，代表的是我们；鲲，是我们的梦想；湫，是帮助我们的人；海底世界，是我们目前所处的世界；天规，是我们目前所处世界的禁忌；而人间，是我们所向往的更大更精彩的世界。鲲死了，椿就会死；或者鲲去了人间而椿没去成，椿也会死。等于说，梦想死了，我们就死了；或者梦想去了更大的世界，而我们没去成，那我们也死了。梦想越大，我们所处的世界就越装不下它，就越想去往更大的世界。去更大的世界的过程中，遇到的困难越大，可能我们就离目标越近。表达的就是：听从自己的心意，不要被既定规则束缚，大胆一点，去追求自己的梦想，如果受到了别人的不理解和责难，要保持自己的善良，承担责任，问心无愧即可。"

无论如何，完美的结局都会让我们假以释然，也许，剩下的，也只有也许——

我们能像椿一样去感恩，像湫一样去爱吗？

是的，奇迹之所以为奇迹，是因为它超越了时间和空间的阻碍。奇迹的发生，往往是因为心底那最本真的信仰与执念，你可能为此会背叛很多，除了规则也许还会有情感，但追寻生命的真谛，才是亘古的执著。

为什么明知道会带来灾祸还要挑战天神？其实这才是最难能可贵的勇气。影片用神灵的惩罚和村人的羁绊来牵制勇气、维护权威，让万物臣服。现实中的我们往往越是成熟，越是会惧怕权威，而年少时义无反顾的莽撞也会随着年龄的增长在灵魂上生出一层旧茧，不会再有所变化，只是一直停留在那儿。

在豆瓣上一篇名为《呈现，就是一种价值》的文章中，我知道了《大鱼·海棠》十二年间的故事：

导演兼编剧梁旋是2000年柳城县状元，也是该县近10年唯一一个考入清华的学生。他在采访时说："我爸到现在还经常跟我说，'如果你拿到清华毕业证就好了。'对他们来说，毕业证是更好的生活的保障。

我是我们那个小县城当年的状元，小县城十年才出了一个上清华的，所以父母希望你好好读书、拿文凭、找一个高薪水的工作，这个是最理想的。但对我来说创业很快乐，而且这条路会看到希望在哪里。"2005年，梁旋为了实现一个自由的梦想从清华退学了。毋庸置疑的是，他面对了重重阻碍，而这一年，"彼岸天"来到了人间。

"梦是退学后做的，我退学是因为向往自由而已。"

"那时候我面前有两条路，一条是别人期望你成为的样子，一条是你自己心里的样子。但大多数人没有发现自己内心向往的样子。我发现了，那我就不要在别的地方浪费时间了。"

立春日出生的梁旋化作椿，他的心中有个梦想是制作动画、追求自由，这个梦想却因为自己接受了父母的望子成龙的理念被自己扼杀了，然而这个梦想却被椿化作一条小鱼，和自己生命相连。

"有些鱼一定会飞到天上""我希望你比床还大，整个屋子都装不下你"是椿对鱼儿说的话，也是梁旋对自己梦想说的话。然而在清华这个园子里，一但分心，很容易招致退学。这对"族"里来说是个巨大的灾难，家里人想杀掉"大鱼"，让一切恢复平静，然而"椿"义无反顾地保护了"大鱼"。

"我不会让你们伤害他的。"

人若想追寻自由，必须当全世界都认为你是错的时候也不沮丧，至少按庄子的意思，对错是别人的事。最后，在3月3日出生的张春化作的"湫"的帮助下，"椿"来到了"彼岸天"，将"大鱼"送回了人间，也就是梁旋的梦想——这部动画的上映。

"无论如何我也要把这部动画做出来。"

"你冷吗？"

"不冷。"

"那睡吧。"

张春与梁旋最艰苦的时候，公司只有他们两个人，这一句对白不过是两兄弟在最艰难时候的互相支撑。

"你真好，像哥哥一样"正是梁旋对好兄弟的告白。

"古有大椿者，八千岁为春，八千岁为秋。""春秋"与"椿湫"谐音，椿与湫的生命互相渗透，你中有我，我中有你，融为一体，这又何尝不是这两兄弟的关系呢？

"每条大鱼都会相遇。"

"人和人是不一样的，我没有遇到梁旋之前，我也不相信世界上还有这样的人存在。"

12年下来，只有两个人等了12年，那一句付你12年之约，是这两兄弟对自己、对彼此说的话。

"一开始这个故事是一个大鱼不断冲破束缚、寻找自由、寻找更广阔的天空、自由翱翔的故事，更像年轻时候的心态吧。后来更多的关注点落在椿和鲲的情感上，他们在整个相处过程中，慢慢滋养一份感情，共同陪伴成长，最终要面对分离。这种情感有亲情，是一种守护。湫对椿是守护，灵婆对那些灵魂也是守护。"

"这不是一部爱情片，主题肯定会以情感为主，但这个情感我们不会定义为爱情，更多的是救赎。"

"我希望这部动画能带给人启发，鼓励人们去追寻心中的自由。"

这部片子能出来真的是一个奇迹。整部片子经历的这么多年，彼岸天公司曾为了自己攒到做电影的资金而去做游戏，可惜造成公司亏损一度面临倒闭。公司的员工经历了一波又一波的接力，不计报酬地一起去做这个事，而且有的人因此付出了自己能付出的一切。其实我相信我们许多人也曾有梦想，但是生活的艰辛与苦难让大多数人的心慢慢变冷变硬，把自己密封在自己的世界里，不再相信梦想，不再相信有牺牲利益可以做的事。因为一切的事都没有生存重要，生活的困难让我们只关注了暂时的喜乐。

导演在一开始只想讲述大鱼的故事，用大鱼的翱翔诠释自由的定义，但最终却更像是将自己与大鱼融合在了一起，大鱼的故事，就是他的故事。以自己的心声开始，以自己的故事结束。

电影中说："所有活着的人类，都是海里一条巨大的鱼。出生的时候，他们从海的此岸出发，他们的生命就像横越大海，有时相遇，有时分开；死的时候，他们便到了岸，各去各的世界。"我觉得这段话说的是对的，但那"鱼"，也许不是我们思维中的鱼的形态。"鱼"只是一种象征，象征着与生俱来的初心与执念。也许每个人生前都是一条大鱼，只不过我们不记得了。我们的前世和来生都是未解之谜，我们总是在追寻，殊不知在追寻的途中便已遗忘。当生命到达尽头时，到底有多少人还能铭记那份初心、怀揣那份执念？

扶

微信上曾有一篇文章，概括摘抄后便有了这么一段话：

"传说人死后会先来到鬼门关，途经黄泉路。路的尽头有条河，名曰忘川河。河上有座桥，名曰奈何桥。桥上有个亭子，名曰孟婆亭。亭里有个婆婆叫孟婆，她给每一个经过的人一碗忘川水。忘川河的边上有个石头，名曰三生石，它记载着今生和来世，走过奈何桥可在望乡台看见人间最后一眼。人这一辈子，无非就是个过程。荣华花间露，富贵草上霜，生不带来，死不带去。东西属于地球，记忆属于时间，天赋属于境遇，朋友和家人属于你走过的旅途，妻子和孩子属于你的心。然后躯体属于尘埃，灵魂属于佛祖。什么是我？每一个瞬间，你活着的每一个瞬间，组成了你。"

既然如此，那我们就应该带着一颗最本真的心去面对、去经历，始终怀抱执念与初心总比在迷失中自我救赎要强得多。

"我独自在人间游历，我遇见巨大的帆船，看见星空一样的灯火，我还看到人们在许许多多纸船上点着蜡烛，为逝者护航，让他们的灵魂能顺着江河回归大海。"

椿游历了人间，也最终去往了人间，就像电影开始时所说，"有些鱼注定不属于大海，它们属于天空"。游历的旅程中，椿看见的是帆船，是灯火，是蜡烛，是光与爱的象征。同样，游历于人间的我们，在旅途后，看到的是饱经沧桑后的无奈，还是洞察宇宙后的希冀？

有一句很有哲理的话说得很好："你的一年光阴到底是活了365天，还是活了一天，重复了364次？"为了那个过程，为了那精彩而充满活力的人生，我们不妨大胆一些、坚持一些。正如椿的爷爷所说，生死有道，

就这样，静静地等待长大

这是自然规律，对我们来说，死是永生之门。灵婆在如升楼对椿所说的话，是在大多数对人生的领悟与感叹，并把它奉为真谛一代一代传颂，但亦如椿所说，"上天给我们生命，一定是为了让我们创造奇迹的。"

鲁迅先生曾说过："有些人毕生追求的东西，往往就是另一些人与生俱来的东西，而当生命将走到尽头时，也许毕生追求的人得到了所渴望的，而与生俱来的人却失去了他们仅有的。"我想，这是鲁迅先生对于初心的理解。活成自己的模样，从来都不晚，善良地去坚持一件事，从来都无论对错，就像椿守护鲲、湫爱着椿，和梁旋坚持他的梦一样。

宫崎骏的动画反映了人性的纯真、善良、丑恶，而《大鱼·海棠》为我们讲述了唯爱、牺牲与追逐，值得我们去尊重、去感受、去感动。

天地广阔，我们无非就是浩海中的一条鱼，在横越大海后，愿我们都能保留出生时的那颗纯真的心，和那经过岁月冲刷过的执念。

看你飞远去，看你离我而去，原来你生来就属于天际。
每一滴泪水，都向你流淌去，倒流回最初的相遇。

——后记之

跋

再写《我的少女时代》

也是为了了却一桩心愿，最近又再一次翻看了自己两年前所写的文章。看到写于观影后的《愿每一个林真心都精彩地青春过》，打心底里觉得，应该好好地改一下。翻着本子看了好几遍，却也不知从哪里落笔，去融入怎样的想法与感受。就这样，我重看了一遍电影，试图去寻找曾经的感受。

就像毕淑敏对"人鱼公主"的常读常新，我亦对一部电影有了新的感受。忘了是在哪里看过的一句话，"不论是一件事、一样东西，还是一个人，隔过很长时间再去回想或接触时，你都会有一种别样的感受。"此刻，对于电影《我的少女时代》，我想把自己此刻的感受，融入两年前的文章，但毕竟，已经过了两年了，语言的风格和文章的格调都已略微发生了改变，想让这篇文章更加饱满，又不想破坏了内容中所包含的感情。有时摩擦会产生交融，有时摩擦只会发生碰撞，与其相濡

就这样，静静地等待长大

以沫地别扭着，不如爽快一点，让它们各自成为各自的样子，独立地存在。

"我想，十八岁的我，如果在街上遇到这个人，一定也会和他们一样，毫不留情地嘲笑她。"她拿出自己的记事本，里面是年少时的卡通贴画、少女照片，以及自己所有的愿望和小秘密。

广播上传来声音："你喜欢现在的自己吗？长大后的我们，为了生存，可能会变得世故，容易妥协，甚至变得都不认识自己是谁。偶尔，你是不是会怀念那个勇敢单纯做梦的自己呢？那个你，现在还在身体里吗？而那些你生命中很重要的人，你都还记得吗？"

磁带转动着，连带着背后的光影一起变化，故事又一次通过林真心的回忆，为我们娓娓道来。能打动人的东西不管时隔多久，依然能打动人，当欧阳告诉林真心徐太宇过去的故事时，当林真心通过溜冰的一次次摔倒鼓励徐太宇时，我仍然会哭——世间唯有情感最能永恒，比如徐太宇挂念阿远，比如林真心宽慰徐太宇。

"那是我们的决定，不用你来负责啊。"决定都已是决定，事情也都还会发生，其实，从来都不应由谁来负责。他想起了阿远，阿远在海边将饮料一饮而尽，转身向海的深处走去，挥了挥手作最后的告别，仿佛在说，"不必留恋"。徐太宇那颗停留在海岸已久的心，此刻松开了束缚，坦然地看着好兄弟远去，他亦转过身走向了陆地。海滩上有树的影子，阳光微微浸透出海的香气。

情感的前提是绝对的相信，林真心信了徐太宇，但是老师不相信。

老师眼里，徐太宇突飞猛进的成绩是通过作弊得来的。规矩和常态的制约就像枷锁，想挣脱，就只能用勇气来抵抗；抵抗无果就只能去冒险，非常果断和决绝地去冒险。

千人大会上，林真心心一狠，大喊出一句："报告！"

"我的裙子没过膝盖三公分，外套从来没有拉到过学校高度，袜子没有全白，请记我警告！"

"这些都不重要……"

"既然这些不重要，那我们为什么要遵守？"

会场沉默了，欧阳非凡也从颁奖台上下来请求处分，林真心的好友何美和小只也主动请求处分，全场沸腾了，同学们一个一个站起来请求处分，用玩笑来抗议学校规矩的不妥。她的勇敢，带动了所有学生心底的力量。

"主任，你说学生要有学生的样子，但是成绩和校规都不能定义我们的样子。成绩好的学生也会犯错，曾经犯错的有一天也会变好。是好是坏不是你说了算，只有我们自己知道我们是谁，只有我们自己能决定自己的样子。"

谁曾想，两年前这个极为震撼的片段，现在看来，依然令人感动。我记得，两年前，当时正值中考，现实中的压力与矛盾纠缠在我们的生活里，偶然悠闲的一个夜晚，我为电影里的那份纯真而感动；两年后重温，内容我全部记得，也依稀伴随电影想起了当年格格不入、不愿妥协却又不知如何取舍的经历。

事情就那么发展着，所有人都看得出，林真心的心里是徐太宇，而此刻，徐太宇和欧阳非凡的心里都是林真心，只可惜，他们自己却以为，对方的心里还是最初的那个"ta"。

徐太宇离开了，林真心的生活又回到了原点，但因为他，她才变为了现在的自己。她还会去溜冰场，也还会去麦当劳。未出口，未明了，一切终成了遗憾。

考试成绩进步了，林真心和欧阳非凡一起走在桥上，她知道了故事的真相，所有的表象，原来都有一个背后的原来。那个血块和那些心情，一点一点被揭露在林真心眼前。欧阳非凡问她："那卷磁带，你听了吗？"她才想起来，在他走后，她似乎忘掉了一些与他有关的东西。结局，不是徐太宇想的那样。他们一起完成了一开始说好的约定，在徐太宇眼里，这是他能为她做的唯一和最后的事情。

林真心哭了，田馥甄的歌声响起："原来你是我最想留住的幸运……"

时光辗转，她终于还是做回了那个自己，背包上挂着"刘德华"。推门走进老板的办公室，她把辞职信往桌上一拍："给我该给的薪水，放我该放的假，不然，你让我辞职吧。人不需要在一个不在乎你是谁的地方浪费自己的人生。"

刘德华要来开演唱会了，她依旧没有买到票。在街边小店买了杯金桔柠檬，她遇见了刘德华。

一切早已在他们十八岁时埋下了伏笔，刘德华给了她他的联系方式。他见到她，还是那句话："麻酱面，麻酱和面还是分开吗？"

演唱会马上开始，刘德华很期待，因为他喜欢他们的故事，更感动于他们年轻时的承诺。

不同的时间段看同样的故事，很多时候是会有不同的感受的。如果要让我概括这一次的感动，那便是承诺与约定。溜冰摔倒后，她宽慰他，"可不可以做回最初的徐太宇"；从商店出来，她抱住刘德华的纸板，他承诺她，"以后我叫刘德华，唱给你听"；多少年过去了，他们从青春年少走向了成熟坦荡，他仍然那么霸道与个性，"麻酱面，麻酱和面还是要分开。"

全部的故事都来源于他们最初的约定——他帮她写笔记，因为她想考台大；他没有向她表白心迹，因为他以为，她的心里还是欧阳；好兄弟欧阳时刻帮助林真心，因为他们有约定，要照顾好她。时间推移，最初的约定不是他们最后想要的结局。可幸的，是他们完成了约定；遗憾的，也同样是他们完成了约定。

我喜欢对一件我喜欢的事物进行全方位的了解，这一次，我知道了电影背后的故事：女主角的扮演者宋芸桦的梦想，是从一支MV开始的，是机缘，也是运气，在甄选里，她站到了最后。19岁的她，献上了自己的荧屏处女秀。MV的快速流传，让她接到了许多短片的邀约。往演艺圈发展的想法，不知不觉在她的心中扎下了根。《等一个人咖啡》是她演的第一部电影，她希望这部电影能给自己带来一个金马奖年度最佳新人奖的提名，然而结果是，整部电影颗粒无收。凭借《我的少女时代》里的林真心一角，宋芸桦在23岁的年纪就收获了金马影后的提名，除此之外，她还站在颁奖典礼的舞台上演唱了《小幸运》。在表演结束后，她在后台大哭了一场，泪水里有如释重负，也有美梦成真的激动。

看了一段电影的拍摄花絮，宋芸桦在拍这部戏时受了很多伤，有两次是重伤。拍游泳池那段的那一天，宋芸桦坦言："这是我拍戏以来最崩溃的一天。"林真心的好友何美和小只的扮演者都说，宋芸桦其实就像林真心一样，在拍戏时不管多苦多累，也始终在用自己的乐观温暖着其他人。

林真心坚持着自己的愿望，宋芸桦也坚持着自己最初的愿望，其实，我们每一人，心里都有一个对自己的承诺。

很多的时候，我们在看一本书或一部电影时，某个片段引出的情感会和我们的心境有关。所以在重温时，当我们又一次看到那个片段时，我们也自然而然会想起当时的经历。煎熬与挣扎存在，坚持与希冀亦存在。我们生于世间，最大的快乐，就是源于对自己的承诺。

我终会选择固执与坚韧。就像很多人对自己所固执的，向来都心知肚明，最后的最后，只愿了然于心、问心无愧。

跃

结

所有的事情都会有结尾，就比如现在，这本书已经到了结尾。

高一寒假放假前的一天，大家的心情都躁躁的，几乎没有人再有心情去听课了，大家都希望这一天快点结束，期待着假期的来临。老师们还在讲课，但这个时候，已经没有多少人会特别认真地去听了。数学课上，老师还是像平时一样写着板书，讲着他的课，班里吵吵的。已经抱了孙子的他，早就有了一种不慌不忙的沉稳心性。学生说话的声音越来越大，老师也没有特别生气，只是转过身说："别吵别吵，最后一天了，我们把这个尾结好。有一个好的开场，坚持一下，我们再有一个好的结尾。"然后，他就又接着讲课了。我听着他的话，突然有一种鼻子酸酸的感觉——原来所有的事情，都只有到时了结尾时，我们才能有所怀念与感动。

当时心里五味杂陈的另一个原因，就是关于这本书——我一直以来的心愿。出书是我从小的心愿，从写作水平还只是"流水账"的时候就开始了。这个世界的很多人都有改变世界的心愿，对于我而言，文字是最能引人深思，并且最能永久保留的事物。

这篇《结》，是我思考良久所写下的。

这是对这本书的总结，也是对自己成长的一次总结。除了总结，我还希望为这本书"伸冤"。我常说"为了它，我把中考都赔进去了。"好像所有的错都是它，而别人也会把我的话误解，说，"你呀，实力不行就别解释什么了，真正厉害的人能同时把精力放在很多事情上。"

我从小想要出书，这没有错，但我想要出的书，是要包含一些思想并反映一些问题的。文字能体现一本书的价值，而思想更能。文字是思想的载体，但真正能影响久远的，是文字中那些耐人寻味的思想。

在我很小的时候，我喜欢星空，喜欢故事。夜晚的时候，我脑子里常会出现宇宙的画面，明与暗有着那么鲜明的对比。我常以为，历史的变迁与发展也像这宇宙，备受置疑的人事有时要许久时间才得以正名。我常奇怪，一个时代里，那么明显的错误，在处于那个时代的人眼中，却是值得认同的真理。就比如，在中国古代的君主专制中，皇帝一人的判断是主观而片面的，然而大多数人都选择了认同并服从，极少有人能指出其中的错误。我奇怪，他们为何如此愚钝？！

于是，我从很小的时候就要求自己，对于很多事情，要有自己的思考，在时代潮流中保持清醒。但小时候的我，从不怀疑老师和家长说的，只有学习好，将来的平台才能足够高，你的能力和综合素质才会高，你才能拥有很多自由，才能收获你想要的幸福。我本就是一个有求知欲、有好奇心的孩子，因此，小学时候的我，对于学习近乎狂热。

初中后，我一下子就成了班长，一下子从小学时的那种默默无闻，成了当时的"万众瞩目"，荣誉与光环都来了。在许多人看来，那个时候的我应该非常幸福，过着令人羡慕的生活。在这之前，我也这么认为，认为有了荣誉便有了快乐和更自由的空间，然而当自己真正成了这样的人后，我才发现，其实真的不是这样的。那一年的我，应该是过得最糟糕的一年。

初中后的活动一下子变多了，我突然意识到自己有多无能，好像除了一个令人羡慕的成绩外一无所有。没有自由，没有勇气，没有那么快乐，也没有什么特别能让自己满意的特长。至于学习呢，这个我唯一的支撑稻草也快要没了。知识的系统化带来了形式化和格式化，答题必须按照格式，让我好奇却不被视作重点的东西可以直接被忽略。小学时，觉得题的背后是无尽的知识，而初中后的题只是题，那些规范正一点一点困住我的思维。就这样，我对知识的渴求变成了我对知识的厌倦，广阔的思维被束缚在了狭小的空间内。

——所有的事情都是被动的，像是有很多根无形的线，而我就是那个只剩了躯壳的木偶。

我惶恐，我害怕，我感觉自己的灵魂已经没了生机，纯粹是一个机器人，按照设定好的程序日复一日地进行。那段时期，我也接触了一些大学毕业生，逐渐了解了从学校到社会的过程。当我看到很多在常规思路里称得上是优秀的大学生为自己的处境而困惑甚至无助时，我不禁在想：好像我们生来就是在为了未来的幸福而奔忙，却始终忽视了当下的幸福与快乐——我们为了有一个好的人生，必须要有一份好的工作；为了一个好的工作，必须要上一个好的大学；为了上一个好的大学，必须从小去上重点中学、重点小学，甚至是好一些的幼儿园。然后在得到了这些后，我们有一个家庭，有一个孩子，接着再去重复这样的轨迹。好像我们生来就是一个机器，去完成一系列程序后就算生活过。我也惊恐地意识到，不知道从什么时候开始，我已经变成了小时候自己所憎恶的那种只知道认同潮流的愚蠢的人。小王子说过："人长大了就会忘记童年。"处于成长关键点的我，突然想起曾经的很多事情，想起小学时候爱音乐、爱画画、爱在体育课时在操场上转悠……但为了考试成绩，老师去掉了这些"没用"的课，即使偶尔有一次"放松"的机会了，我们也会因为无聊和无趣而感到无所适从。我突然觉得，成长原来就是一个适应的过程，无谓对错。

我开始怀疑大人们的话：所谓的荣耀真的能换得想要的幸福和自由吗？这个世界的普适规则真的是正确的吗？我开始找寻自己，一次又一次地思考：我到底想要什么，到底什么能让我快乐？最重要的是，自己从小想去成为的那个人到底是什么样的，我该如何做到优秀并且让自己保持清醒？

我不知道。

我只知道，我绝不能让自己的人生处于一种被动中，我必须要挣脱这些此刻束缚住我的牢笼。我的人生最重要的意义，是让自己觉得精彩并心满意足，而如果此刻便选择按照程序去进行，我将无法完成毕生的心愿。我要勇敢地坚持自己的想法，并且要勇敢地去做自己想做的事情。

我进了学校的啦啦队，并在此之后，对抗着来自他人的质疑和反对。学校教授的东西，好像永远与成绩有关，但却激发不出我的求知欲，我开始探索其他能让我感到有趣和新奇的事物。最重要的是，我花费了足够多的时间与精力，并终于在写作上取得了令自己满意的进步：让我所写的文字不受格式与笔法的约束。

　　我说过，出书是我从小的心愿，从写作水平还只是"流水账"的时候就开始了。当时也只是想着要出一本书，但是写下的很少，就是想写，也不知道该从哪里去写；而对于已写下的部分，等到想接着去写的时候，才发现根本不能让自己满意。

　　小学的时候，我想着去写故事、写小说，写自己脑子里构想出来的故事，当然，更重要的是，我会把最重要的精神内涵贯穿整个故事。初中的时候，我才真的开始写，写出这些完整的故事。写得不好的时候，或者写到后面发现前面的故事情节没有做好铺垫，我便会撕掉重写。就这样，我写了很多，并且都尽自己所能，把想要表达的主旨体现出来。小学时的那些故事，大多都是在初二那年写出来的。写完后，我在电脑前敲字，敲完后就给杂志社发邮件。但时至今日，我的文章从来没有登上过某个杂志。

　　那一年的我，像是用一个无形的玻璃罩，将自己与世界隔开，只沉浸于自己的世界与思维中，而对于外界的事情，独自思考着，几乎不再相信任何的所谓"正确"的言论。我始终愿意用"超脱"来形容那一年的我，超脱到足够勇敢与纯粹，也正因此，我在那一年完成了许多在这之前我从不认为自己能做到的事。当然，那个"玻璃罩"不是足够强大的，偶尔它被外界打碎的时候，被挡住的东西一下子撞击过来，没了保护的我感到深深的疼，疼到无处可逃。

那一年，我喜欢找寻所有纯粹的事物。我喜欢看书，但我讨厌被迫阅读，而中考必看的书，总会要求你刻意去记住一些东西，不管你喜欢或者不喜欢，不管你感动或是觉得无意义的片段。偶然的机会，我突然发现学校的阅览室能带给我读书的纯粹与快乐，我可以沉浸于书中，感动到落泪或是思考到入神都是自然而然出现的，没有什么预言，没有什么格式。

　　这样的过程是快乐的，但也常是痛苦的。那个时候，我了解了尼采，知道了他那一句"神死了，人活了"，特别清晰地理解那种勇敢与孤独。那个时候，我才决定好去写一本什么样的书，写散文，写自己的所感、所想。通常，只有我情绪波动特别大的时候，也就是当自己的思维与世界产生碰撞的时候，才是我最容易去表达的时候。

　　初二那一年，我下定了决心不再盲从，认定了一条不知要花多久时间去走的路。我不喜欢老师教的写作文的套路，却喜欢用笔在自己的本子上尽情地抒发，在我看来，那个时候的流露才是最真切的；我喜欢语文课对知识面的延伸，却异常讨厌对一篇文章反反复复的过分解读。不喜欢，发自心底地不认可，我不喜欢强迫自己去做。不仅如此，我不喜欢当时政治课对政治囫囵吞枣地背记，像洗脑似的不加思考，我也不喜欢为了一些人际关系而违背自己的心意——这一切，都是因为曾经做了一些不怎么情愿的妥协，却没能换来特别如意的结果而产生的。

　　初三的时候，在校庆结束的周末，也就是啦啦队最后一次表演的那个周末，我看了《海上钢琴师》，哭到抽噎不止，心情难以平复，因为电影，也因为曾经苦苦追寻一种纯粹的自己。

我之前说过，在初二那年带着勇气并怀着纯粹的心态去做了一些事，其中一件就是写了一篇微小说，那是华商报举办的一个全省比赛，"我和高建群一起写故事"，语文老师告诉我们的。我当时只是在想，这是我想去做的事，我必须去做，当然，我要让它包含我的思想，也就是它的精神内涵。我花了一个星期去找资料、去构思，然后在那个周末，用了几乎全部的时间去完成它。后来就像石沉大海，杳无音讯。初三后的某一天，老师突然告诉我，那个比赛的结果出来了，我的那篇是一等奖，全陕西省只有三个一等奖，除此之外，我还获得了一个"最佳想象力"奖。颁奖仪式在我们学校举办，全省获奖的同学都来。我和高建群老师、校长合了影，领了奖杯、奖状和奖金，后来，学校电视台也播报了这件事，全校学生都看见了，虽然很多人不认识我，甚至过后也不会记得有这么一回事儿。但于我而言，这真的很重要。后来，老师说校报要报道这件事，想刊登我的文章。我明白，当一个东西公示于众的时候，属于它的纯粹的美好便会消失，外界的评价常会掩盖了它的本真。那个时候，人们只会把它当作文章，没有人会特别注意它所包含的思想，况且，我也不希望心里埋藏的一角这么快地被人知道。那两个星期，我跑了很多次校报编辑室。有一次，碰见一位副校长，她说，"你想去本部吗？"我说想。她知道以我当时的名次不可能考上，她说，把你的这篇文章印出来，本部的校长欣赏的话，对你升学很有帮助。我至今都记得，她的语气有多么的强势，在我听来，似乎带有强迫的含义。即使这样，我最后仍坚持，不把这篇文章刊登出来。

　　我保证，它终有一日是会被大家看到的，但不是现在，因为它是我在随波逐流的迷途中寻找自己并坚持下去的一个标志，也是我一生道路与信念的一个缩影。我希望，等我走得足够远的时候，把这篇文章展现给大家看，然后去了解它的含义和寓意，和我与生俱来的执念——那个时候，兴许人们不会只把它看作是一个孩子未成熟的思想和有些可笑的无知。

初三临近中考那会儿，我们开始专门练习作文。老师在一个周末要求大家去写对一个名人的解读，我写的是海子，也就是那篇《海边的春天》。海子是我在初二那年了解到的，他的故事带给我的感受和尼采一样，有时候我觉得我们有些相同的地方，向往自由，却时常孤独，为了一个信念快乐并痛苦。那个周日的下午，我写得泪流满面，眼泪滴落到纸上，然后晕开——有一种感觉，像是在写自己。

因为不喜欢盲从，因为想寻回丢失的自己，叛逆而倔强的我失掉了中考。我想着去出这本书，你知道的，它的价值是去体现我孤注一掷的思考。高中的压力大了，这个心愿压在我心里越来越沉，那种入骨的倔强，那种不完成就坐立难安的感觉，从初三开始就一直折磨着我。不仅如此，自从明白了自己到底想要什么之后，我一直坚持遇见想干的事就去干。初中时落下了学业，高中后难度大幅提高，没了兴趣又逐渐失了信心。听从本心的精神像是从骨子里散发出来的，就是再怎么强迫自己都不会用心去做。我疑惑于自己，觉得自己就是个异类。高一的第二学期，由于一些事情，我特别深刻地意识到自己所不从的是世界的普遍观点和主流，我也为自己的怪异和入骨的倔强而感到孤独和痛苦。我逐渐意识到，常规道路的优秀是不属于我了，直白地讲，我不再对自己在高考时能找回曾经的荣耀而抱有希望了。在一次受了巨大打击后，我第二次在手机上看了《大鱼·海棠》，依旧泪流满面。我知道，自己和椿就是一样的人，为了一个信念，不惜付出任何代价。那个时候，我写下了《执念》，并且也开始一点一点知道，像我这样的人，这个世界上还是有的，只不过很少。

我常以为出书于我而言遥遥无期，因为我希望每一篇文章都能用最深刻并最优美的语句表达出我的思考与感受，每一篇都能打动别人并引人深思，但我明白，如果这么要求自己，我的心愿不知何时才会实现，我也不可能心无杂念地去做任何一件事。某一天午自习，我去找语文老师，询问这种疑虑与担心，老师说，你别想那么多，把想写的写出来就行，之后再一遍一遍去润色。就这样，我写得多了，即便有时候不能让自己满意。

那段时间，我有意无意地看了很多人的经历，我发现，人生精彩的人大多都经历过与我一样的挣扎。他们都选择了听从心的方向，然后一点一点走向成功。我逐渐释然，我明白了，与大多数人一样的路不属于我，但我只要听从自己的心意，就会收获自己想要的人生，况且，我又是一个为了自己喜欢的事情那么执著的人。

所以在高二分班后，我是少有的没有情绪波动的人之一。当时，我只是想着，我不想在大学的时候，告诉别人自己曾是一年级两千多人里的年级十五，为了追寻梦想，为了坚持自己所想，我失掉了高考。也就是因为那么一种释然，高一时令我感到云里雾中的理科，一下子变得简单，我的思维变得令我自己都感到惊愕。除此以外，我之前坚持却不知道到底能收获什么的事情，也开始体现它们的作用。那个时候，我哭了三个星期。

在之前的两年里，感觉没了保护的时候，我会听《白月光》，听到第一句"白月光，心里某个地方，那么美，却那么冰凉"时，眼泪便流了下来，然后在音乐播放时，眼泪越来越多；在看了《大鱼·海棠》后，我也会在觉得无助的时候听《大鱼》。没有依靠，为自己的坚持而挣扎、而痛苦的时候，像是被世界抛弃了一样，只有在歌里能听懂自己。高二刚开始时，在我踽踽独行迎来曙光时，正流行着毛不易的歌，那三天，我听懂了《消愁》里"固执地唱着苦涩的歌"和"清醒的人最荒唐"，也听懂了《像我这样的人》里"像我这样优秀的人，本该灿烂过一生，怎么二十多年到头来，还在人海里浮沉"。那个时候，毛不易大火，网页上有很多关于他的报道，我也或多或少地了解了他的故事——他七岁给自己改名，"不易"是他对自己的执著。我突然发现，像我这种骨子里执著且不愿改变和忘记生来愿望的人，这个时代还是有的。

九月的自己到底有多厉害？我至今都不敢相信。那个时候，我发现，当我做到每节课注意力百分之百集中时，效率会达到百分之百，而精力的消耗几乎也会达到百分之百。精力的极限消耗，和回到家为看到希望和回望过去而痛哭流涕，每天九点不到就进入睡眠状态，坚持了几天后，早上自然在三四点醒来。为了保证效率的百分之百，我是不可能写完作业的。老师们不信，因为这是与普遍观念不符的。当逆着主流而行，大多数情况下不会有人相信，我无法证明自己，甚至没有人相信我每天在崩溃时哭到没有一点力气的感受。

十月的某一天，没休息好的我请假在家，起来后去了出版社。一家出版社的老师听完我的故事后，笑着说："很任性，很执著。"那天在公交车上，我坐在最后一排最高的位置上，耳机里播放着五月天的《后来的我们》，眼泪止不住地往下流，那个时候，我又听懂了一首歌——其实说到底，只是希望去过自己想要的生活，就像歌词里说的，"只期待后来的你能快乐"。

因为有了对学业的信心和目标实现的可能，我决定趁此机会不写作业，每天花多一些的时间完成写作。在这一段时间里，除了勇气和信心，我还需要承受逆流而行和人言可畏的压力。从十一月底到一月初，我的背一直在疼，脊椎疼到难以忍受，每天只有在睡着时才得以解脱。那一阵，特别煎熬的时候，我就靠在沙发上看《那年花开月正圆》，特别能理解里面一些人物在发现时代中的错误时的抗争与痛苦。我很少有特别欣赏的电视剧，但是这一部却触动了我：周莹是一个率真且执著的人，她所做的事情，都是造福东院和百姓的。她的勇敢是大多数人都做不到的，因为她常触及一些人的利益。为了心里那份信念，她无畏与权势和道德伦理对抗，尽管那些人是会决定她生死的。她始终倔强，始终坚定，终于从一开始不被任何人接受，到最后受到一方土地的人尊敬并被载入史册。

整部电视剧，令我感触最深的，是一次赵白石和吴泽吃饭时，他们之间的对话——

赵白石问吴泽："世间最难洞悉之物是什么？"

吴泽答："天命。"

赵白石摇头："是人心，不仅他心，还有己心。"

他又问："这世上最难的是什么？"

吴泽开玩笑地说："乡试。"

赵白石看着好友说："我倒觉得是平心静气。"

他接着问："这世上最矛盾、最痛苦的是什么？"然后他自答："明知不可为，却忍而不舍也。"

——原来，我们心中都有所念。

酒醉后回到官府，他忆起了她倔强捶鼓的身影；大堂问罪桌前，他忆起了她为心中所念而甘愿挨打的满腔热血。推门进到书房，他翻遍了书阁，找到了那本自己一直有所不解的书。他大声吟诵："此便是天理人欲交战之机，须是遇事之时，便与克下，不得苟且放过。此须明理以先之，勇猛以行之。"他反复念叨："勇猛以行之，勇猛以行……"

在最后，当她又一次破了规矩，建立起女子学堂。第一天开课前，她笑着讲出自己的经历："我的名字叫周莹，我可能是整个泾阳城里最大逆不道的女人了。整天抛头露面、爱瞎折腾，因为不守规矩，还挨过赵大人的板子。这还不算什么，我还被沉过塘、坐过刑部的牢、被判过斩监候，死里逃生过很多次。……不过，我觉得自己这辈子挺值的，虽然现在亲人不多，名声也不太好，但我从来没有违背过自己的心愿。我希望有一天你们能和我一样，想要的去争取，不想要的谁都强迫不了。我们想爱就爱，想干就干，活它一个痛痛快快！"

这也正是我所想要的，也正是我所矛盾并痛苦的——做想做的梦，去想去的远方。

这本书终于要出版了，我也将完成自己人生的一个心愿。感谢自己所经历过的故事，感谢在与我争执过后不得已由着我的家人和老师，感谢出版社的理解和支持，感谢为我打稿子并整理的妈妈和姥爷，感谢给我提供图片的朱亦祺姐姐和田开轩学长，还有更重要的是，感谢自己一直的坚持和倔强。

　　我会继续坚持自己的选择，即便有时候是"明知不可为，却忍而不舍也"。看见了光，便更要朝着光的方向，然后就这样，静静地等待长大。

就这样，静静地等待长大